Tretze tristos tràngols

Albert Sánchez Piñol

TRETZE TRISTOS TRÀNGOLS

La Campana

1a edició: juny de 2008

Muntaner 248, 1r 2a
08021 Barcelona
Tel.: 93 453 16 65 / Fax: 93 451 89 18

Disseny col·lecció: Eumogràfic
Disseny coberta: Zink comunicació
Il·lustració coberta: Getty images / Henry Horenstein

ISBN: 978-84-96735-13-2
Dipòsit legal: B. 32.117 - 2008
Fotocomposició: EdiGestió (Barcelona)
Imprès a Romanyà/Valls. Capellades (Barcelona)

QUAN QUEIEN HOMES DE LA LLUNA

Ara sembla que faci molt de temps, però tot plegat va començar fa un parell d'anys, una nit d'hivern. A mig sopar vam sentir que la vaca remugava. Cada matí la munyíem. Però de vegades, al vespre, feia aquells esbufecs emprenyadors. La vaca era com un d'aquells galls bojos que canten sempre menys quan surt el sol. El meu pare em va manar:

–Vés a munyir la vaca.

M'ho va dir sense treure els ulls del plat, com sempre que parlava menjant. Jo no volia anar-hi. Feia un fred que pelava i l'estable era a cinquanta passes de la casa. Hi vaig anar, és clar. El meu pare era un tros d'home, en aquella casa l'únic que deia «no» era ell. Ell i la iaia. Però de la iaia en parlaré més endavant.

Vaig agafar la galleda de ferro i vaig sortir. Déu meu, quin fred. Encara me'n recordo. No m'havia posat els guants, i una mica més i la pell em queda enganxada a la nansa. Per la boca em sortia un baf que semblava fum de llenya verda. Quan hi vaig arribar tenia els dits de color blau.

Entro a l'estable i dic calla puta vaca! (O potser vaig dir calla vaca puta, d'això no me'n recordo tan bé; jo era molt criatura i m'agradava dir paraulotes quan el meu pare no em sentia.) M'assec al tamboret, li engrapo les mamelles i resulta que la vaca no té llet. M'aixeco, li engalto un cop de puny al cul i crido: per què remugues, vaca burra? En aquell moment em vaig girar. No sé per què em vaig girar. La qüestió és que em vaig girar.

L'home era just darrere meu, dret, quiet, mut i mirant-me com un mussol. Només ens separaven unes piles de palla que li tapaven mig cos. Tenia la pell com la de les girafes. En realitat les girafes i les vaques tenen una pell molt semblant. O sigui, blanca amb taques negres. Són taques tan grans que de vegades no saps si tenen la pell blanca amb taques negres o negra amb taques blanques. És igual. Però si dic que l'home tenia la pell com les girafes, i no com les vaques, és per dos motius que sí que són molt importants. El primer és que aquells dies jo feia una col·lecció de cromos d'animals de l'Àfrica. El segon, que a ell li sortien dues banyetes al front, exactament iguals que les d'una girafa.

Vaig caure de cul. Curiosament ell es va espantar del meu espant. I encara més curiós: com que ell s'espantava del meu espant, vaig pensar que cap dels dos tenia motius per espantar-se de l'espant de l'altre.

–Què hi fas, aquí? –li vaig dir.

–Tinc fred.

–D'on véns?

–De la Lluna.

Tot això m'ho va dir amb gestos, perquè no parlava el nostre idioma. Però es feia entendre molt bé. Jo mai havia vist un home de la Lluna. Era una cosa estranya. Per la pell i per les banyes. Era una cosa tan estranya que no vaig saber què fer. I ben mirat, per què havia de fer res? Venia de la Lluna, i tenia fred, i ja està. Així que vaig agafar la galleda i me'n vaig tornar al mas. Però quan sec a taula el meu pare veu el cubell de llet buit. El veu i aixeca la mà dreta, que era la que sempre aixecava quan volia repartir mastegots.

–És que a l'estable hi havia un home de la Lluna! –em vaig defensar abans que caigués la plantofada.

–Un home de la Lluna? –va dir ell amb la mà encara a l'aire–. La puta d'oros!

Ja he dit que el meu pare era l'únic que podia dir segons quines paraules. Quan les deia ell no passava res, quan les deia jo plovien mastegots. Es va aixecar de taula, va agafar l'escopeta i va sortir volant. El meu germà es va amorrar a la finestra amb les mans enganxades al vidre. El meu iaio estava assegut d'esquena a la finestra; en va tenir prou de girar-se i estirar una mica el coll, sense deixar de rosegar un crostó. Jo no vaig veure gaire cosa. Més que res vaig sentir-ho.

–Fot el camp d'aquí, malparit! –cridava el meu pare. I també: –Malparit, fot el camp d'aquí!

Després sí que vaig veure alguna cosa. L'home de la Lluna corria pel prat, s'enfilava pel turonet i desapareixia per l'altra banda. Vaig pensar que si no trobava aviat un altre estable es moriria de fred. El meu germà es va fer un tip de riure. Dormíem al mateix llit i es va passar la nit rient i tirant-se pets.

* * *

A casa nostra hi havia molts homes. El meu pare, el meu iaio, el meu germà i jo. De dones només teníem la iaia. Abans he dit que parlaria d'ella, així que alguna cosa hauré de dir-ne.

No era la meva iaia. Era la iaia de la iaia del meu iaio. Ja sé que això costa d'entendre, perquè la gent no acostuma a conèixer la iaia de la iaia del seu iaio. El que vull dir és que era molt vella, molt, moltíssim. Tan vella que li dèiem «la iaia», i prou. Però resulta que el iaio era el seu besnét, i també era el meu iaio. Ell ens cuidava a tots dos, el pobre. Els diumenges, abans d'anar a missa, ens pentinava. Primer la iaia i després a mi. També em posava una aigua de colònia que feia una olor horrible. Encara recordo aquella olor. En realitat no era una olor horrible, només estúpida. Però quan les coses estúpides es repeteixen cada diumenge acaben per convertir-se en horribles. I quan em pentinava jo em queixava, perquè més que una pinta allò era un ribot. La iaia no es queixava mai. Duia unes ulleres més gruixudes que un telescopi. La gràcia és que la iaia no hi veia gairebé gens, ni amb ulleres ni sense, però almenys els vidres la protegien dels cops de vent. Una vegada el metge ens havia dit que els cops de vent maten molts vells. El meu iaio va pensar que les ulleres no la salvarien dels cops de vent laterals, de manera que li va encasquetar unes orelleres de burro. De la seva mida, això sí.

Jo crec que la iaia era feliç. Vull dir tan feliç com ho pot ser una planta, perquè a part de prendre banys de sol asseguda al pedrís, no feia res més en tot el dia. I vés a saber si era feliç. Com es pot saber si una planta és molt feliç o molt desgraciada? Sigui com sigui no hi havia gaire diferència entre la iaia i un test. L'única diferència era que, de vegades, quan sopàvem, parlava:

–Quan faig memòria...

I, realment, quan feia memòria podia tirar molt enrere. Al principi jo no ho entenia. Fins que un dia em vaig adonar que quan parlava de la guerra no es referia a la guerra de l'avi, sinó a una altra, perquè feia servir la paraula «trabucs».

Però tot això de la iaia només ho explico perquè abans he dit que parlaria d'ella. Jo de qui vull parlar és dels homes de la Lluna.

Sempre hi havia hagut homes de la Lluna escampats per la comarca. Molt pocs, perquè jo encara no n'havia vist cap. Se'n parlava com es parla de les cuques, els ulls de poll o la guerra del Siquipumbis. Minúcies tan venials o tan llunyanes que només es mencionen per casualitat. Però aquell hivern va ser increïblement nítid. Les nits no tenien núvols, i quan no feia tant de fred la gent sortia de les cases a mirar les estrelles. Els pagesos miren el cel més que res per saber quin temps farà. Aquell hivern miraven els estels fugaços, més que res perquè els homes de la Lluna venien de la Lluna a dins dels estels fugaços. Era una estampa una mica ridícula. El meu germà i el meu avi es podien passar hores senceres amb un dit apuntant les estrelles. Un deia: «Mira, allà!» I l'altre: «Mira, allà més!» Una nit el meu pare va sortir amb l'escopeta i un cigarret als llavis, com qui no vol la cosa. El meu germà va assenyalar un estel fugaç, «Mira!», i abans que s'apagués el meu pare va fer veure que li fotia un tret, «bum!». Per pura casualitat l'estel fugaç va canviar de direcció, com si caigués, exactament igual que un ocellet tirotejat. Menys la iaia, tots es van fer un tip de riure. No sé de què reien. De vegades els estels fugaços s'estavellaven de debò. I els homes de la Lluna que viatjaven a dins quedaven convertits en carn picada. Recordo que, una vegada, un pagès veí ens en va explicar un cas. Un estel havia caigut a les terres d'aquell home. Deia que els homes de la Lluna estaven tan socarrimats que no servien ni per adob.

No eren mala gent. El que passava era que les coses no anaven bé. Anaven molt malament, si som sincers. I quan una cosa no té remei la gent pot arribar a fer disbarats, com per exemple disparar contra els estels fugaços. I quin problema teníem a casa? Doncs que durant generacions i generacions els membres de la família havien treballat com animals per estalviar un raconet. I cada raconet estalviat havia servit per comprar més terres, més vinyes, més oliveres. I quan per fi teníem una animalada de vinyes i d'oliveres, resulta que no sabíem com fer-ho per collir el raïm i les olives. Els jornalers del poble no volien ni sentir parlar de treballar a les nostres terres. No en quedaven gaires, de fet. La majoria se n'havia anat a la ciutat, i tornaven als estius lluint uns cotxassos de por. I els pocs que quedaven exigien uns jornals que no podíem pagar. Eren faves comptades: si cobraven més del que valien el vi i l'oli al mercat, quins beneficis en trèiem nosaltres? Els fruits es podrien a les branques.

Però poc després d'aquella nit (la de l'estable, no la de l'escopetada) l'home de la Lluna va tornar. Jo venia de l'escola en bicicleta, pel caminet. A banda i banda s'estenien oliveres farcides. Giro un revolt i ensopego amb l'home de la Lluna. Anava fent saltirons i agafant olives a grapats. Estava tan capficat que ni em va veure venir.

–Selenita! –vaig cridar.

Ell va fer un altre bot, aquest cop de l'ensurt. Però no se'n va anar. Més o menys com els conills enlluernats pels fars d'un cotxe.

–Lladre! –vaig dir jo.

–És que tinc gana –va dir ell.

–Aquestes olives no són teves! –vaig dir jo.

–Bufa! –va dir ell.

Tot això ens ho vam dir amb gestos, perquè cap dels dos parlava l'idioma de l'altre. Però l'home de la Lluna es feia entendre molt bé. Tenia gana i els camps eren plens d'olives que ningú collia, i ell les prenia, i ja està. No se'm va acudir res més.

–Adéu –vaig dir al final.

–Adéu –va dir ell.

Un cop a casa vaig explicar a tothom el que m'havia passat. El meu pare em va clavar un mastegot. No sé per què em va pegar. Em sembla que ni ell mateix ho sabia. Ben mirat les olives es podririen igualment, així que tant era que l'home de la Lluna se les mengés. Em vaig fer un fart de plorar. A l'hora de sopar encara plorava. De tant en tant una llàgrima queia a dins del plat. Jo remenava l'escudella i les llàgrimes amb un dit i feia morros i marranades, que és el que fan tots els nens estovats. Em va caure un altre clatellot.

–Quan faig memòria... –deia la iaia, a la seva.

Però ningú li feia cas. Si hi havia silenci no era perquè l'escoltéssim, sinó perquè cadascú parlava amb els seus pensaments. Més o menys com la gent que s'espera a cal dentista. Comparo el menjador amb la sala d'espera d'un dentista per dos motius molt importants. El primer és que aquells dies m'estaven caient les últimes dents de llet, i el iaio m'havia dut al dentista. El segon motiu és que la veueta de la iaia em recordava el fil musical de la sala d'espera del dentista, que fa que pensis en qualsevol cosa menys en la música.

–I si contractéssim uns quants homes de la Lluna? –va dir el iaio de cop i volta–. Últimament n'hi ha molts.

El meu germà va riure, del iaio i de la seva idea senil de contractar selenites. Era una falta de respecte al iaio i el meu germà també va rebre. (Això em va fer molt feliç.)

* * *

Però, encara que sembli mentida, unes quantes setmanes després els nostres camps es van omplir de colles d'homes de la Lluna. No era una idea tan nova com sembla. Altres masies ja ho feien. Suposo que al meu pare li havia costat decidir-s'hi perquè no podia veure ni la gent de ciutat (deia que es pixaven als pins com els gossos a les cantonades), així que és fàcil imaginar quines idees tenia sobre els homes de la Lluna. Però ben mirat era inevitable. I va resultar una idea magnífica. Els homes de la Lluna pencaven el doble que els jornalers humans i cobraven la meitat. Va ser la collita més rendible en molts anys. En un tres i no res vam passar de la ruïna a la prosperitat. Jo mai havia vist el meu pare tan content. Fins i tot ballava fandangos al menjador, fent parella amb el pal de l'escombra, i si no agafava la iaia era per por de trencar-li els ossos com si fossin de vidre.

–Quan faig memòria... –deia ella a l'hora de sopar.

Els homes de la Lluna dormien a l'estable. Abans no podien entrar ni a dormir-hi, ara només podien entrar-hi per dormir. I a ningú li semblava estrany. (Ja he dit que en aquella casa es feien coses una mica beneites.) Al matí el meu pare se'ls enduia als camps, i els homes de la Lluna treballaven de sol a sol. Sovint cantaven. A mi m'agradava molt com cantaven. Al meu germà no gens. El meu pare no deia res, ni a favor ni en contra. Només es passejava amunt i avall, amb l'escopeta a l'espatlla com qui no vol la cosa. L'escopeta no li feia falta per a res, perquè nosaltres teníem la masia i els camps, i ells tenien l'estable i els seus estalvis diminuts, i tothom semblava més o menys conforme. Jo crec que l'escopeta li donava aires d'autoritat. Una cosa és segura; si s'hagués dirigit a un jornaler humà com acostumava a fer-ho amb els homes de la Lluna, el jornaler humà li hauria trencat la cara.

També és cert que, de vegades, alguns homes de la Lluna demanaven favors al meu pare. Ell se'ls mirava d'aquella manera tan seva, com si els homes de la Lluna fossin mobles o fossin transparents. Feia un gest amb el cap i gairebé sempre els concedia el que li demanaven. Què li costava? Amb favors o sense, els homes de la Lluna sortien molt més barats que els jornalers del poble, i a sobre els tenia contents. Recordo que una vegada un home de la Lluna fins i tot li va demanar un préstec. Un préstec! Volia deixar les feines del camp per dedicar-se a un negoci de venda ambulant de calces i calçotets. Curiosament el meu pare li va fer el préstec. I sense interessos.

–Llunàtics… què farien sense nosaltres? –va dir quan l'home de la Lluna se'n va haver anat.

–No, no! –vaig dir jo–. Érem nosaltres, els qui

els necessitàvem. Sense ells ens hauríem arruïnat. Que no te'n recordes, papa?

Jo ja no era un nen, i això ho dic per dos motius molt importants. El primer és que només em quedava una dent de llet, que qualsevol dia cauria. El segon motiu és que per primera vegada un mastegot em servia per aprendre una bona lliçó: com més raó tens, més mastegots reps.

També he de dir que amb els homes de la Lluna passaven coses curioses. Quan feia una temporada que eren entre nosaltres la pell se'ls aclaria. O sigui, que les taques negres es feien tan petites que semblaven pigues, o desapareixien del tot. Després hi havia les banyetes. No era gaire difícil trobar-se banyes d'homes de la Lluna escampades per terra, com si algú les hagués perdut. La primera vegada en vaig recollir dues i les vaig dur als nostres homes de la Lluna, més que res perquè les tornessin al pobre despistat que devia anar pel món sense banyes. Ells van riure.

–I no us fa mal, quan us cauen? –vaig preguntarlos.

Em van dir que no. Més o menys com les ungles i els cabells, que els talles i no passa res. Tot això m'ho van explicar en el meu idioma. A aquelles altures ja havien après a parlar-lo molt bé, tan bé que quan tancaves els ulls ja no sabies si et dirigia la paraula un home de la Lluna o un home del poble. Així doncs, sense la pell ni les banyes de girafa, quina diferència hi havia entre els homes de la Lluna i nosaltres? Jo ja n'havia vist molts, i suposo que els nens (com els vells) tenen una memòria que els fa recordar coses que els altres no poden o no volen recordar. Una tarda em va passar el següent.

Havia anat fins al poble amb la bicicleta. Un senyor va creuar-se amb mi en direcció contrària. Era un senyor com qualsevol altre. Ni ric ni pobre, ni alt ni baix, ni prim ni gras. Però quan ja s'allunyava em vaig girar. No sé per què em vaig girar. La qüestió és que em vaig girar.

–Tu ets l'home de la Lluna, oi que sí? –vaig dir–. Aquell que tenia fred a l'estable i agafava olives.

Es va sorprendre molt. Va mirar a dreta i esquerra com si tingués por que algú ens sentís. No s'atrevia a negar-me la veritat, tampoc li agradava recordar-la:

–Jo sóc lampista –va limitar-se a dir.

I se'n va anar amb el cap cot i les mans a la butxaca, el pas ràpid. Quan girava la cantonada va mirar enrere, no fos cas que el seguís.

Va ser un dia molt estrany. Quan tornava cap a casa vaig notar que l'última dent de llet em trontollava. El camí estava ple de sots i la dent rebia una sotragada cada vegada que una roda hi ensopegava. Abans d'arribar a casa em va caure, sense dolor, així com cauen les fulles dels arbres o les banyes dels homes de la Lluna.

No era una mala notícia. La tradició deia que els nens havíem de guardar les dents de llet en una capsa de porcellana que teníem a la vitrina. Pensant-hi bé era una tradició prou macabra, perquè la capseta de porcellana semblava un cementiri de dentadures. Però cada vegada que em queia una dent la ficava a la punyetera capseta. Quan ho feia, aquella mateixa nit l'Arxiduc Carles venia expressament des del seu palau d'Àustria, volant en un carro tirat per ànecs, i em deixava un regalet sota el coixí. (Jo ja sabia que l'Arxiduc Carles era el meu iaio, però callava com un mort.)

Fos com fos, aquell dia ja no em vaig mirar la vitrina amb els ulls d'una criatura. Potser perquè era l'última dent de llet, no ho sé. El fet és que darrere de la capseta vaig veure quatre banyes molt semblants a les dels homes de la Lluna. Mai m'hi havia fixat. Ara sí. Què dimoni hi feien, allà, a la nostra vitrina, unes banyes d'homes de la Lluna? Les vaig agafar i les vaig fer rodolar per la taula, com daus cilíndrics:

–Papa! Mira! –vaig exclamar.

El meu pare no va dir res. El meu iaio tampoc. El meu germà tampoc. La meva iaia sí. Va estirar el braç per damunt de les estovalles, a poc a poc, fins que va tocar les banyetes amb la punta dels dits. Aquell contacte la va fer plorar. Es va treure les ulleres. Jo mai havia vist la meva iaia sense ulleres i plorant.

–Quan faig memòria –va dir la iaia–, recordo paisatges d'un gris dolç. Recordo el petit cràter on vivíem, i els racons d'aquella casa de talps. Recordo la bola blava, que es retallava al cel, i les promeses del meu nòvio mentre la miràvem embadalits. Però quan faig memòria també recordo coses que fan por. Recordo l'estel fugaç on vam fer el viatge, tan petit, i com va caure en un prat verd, i recordo tots els patiments que van venir, tan lluny de la nostra lluneta. Quan faig memòria...

El meu pare va clavar un cop de puny a la taula. Els gots van fer un saltiró i van vessar vi amb gasosa.

–Iaia, calli.

–Muuu! –va fer la vaca.

TOT EL QUE LI CAL SABER A UNA ZEBRA PER SOBREVIURE A LA SABANA

Durant milers i milers d'anys les zebres han transmès la seva saviesa a les seves filles. Cada generació ha perfeccionat l'anterior, les zebres ben ensenyades han prosperat, i s'han reproduït, i per això hi ha milions de zebres a la sabana. Un dia com qualsevol altre, una zebra com qualsevol altra té set. I mentre s'apropa a la bassa recorda la primera lliçó que va aprendre de la seva mare:

Quan beguis, no et refiïs. Els lleons s'amaguen pels voltants dels abeuradors, aprofiten que tens el cap cot i estàs distreta. Sigues prudent: dreça les orelles i gira-les per escoltar el que no pots veure.

La lliçó li salva la vida. D'entre uns matolls de color crema salta un cos de color crema. Una massa felina de músculs i tendons, urpes i ullals, dirigits i coordinats per un instint assassí. Afortunadament és temporada seca. En el moment d'agafar impuls per al gran salt, la bèstia trepitja una branqueta. Amb el petit espetec n'hi ha prou perquè la zebra es giri i fugi.

Per regla general els lleons es cansen aviat. Si pots escapolir-te de la primera embranzida no hauràs de patir gaire.

Per als lleons caçar zebres és una activitat més aviat esportiva i de seguida se n'avorreixen. La zebra s'adona que per desgràcia no la persegueix un lleó. És una lleona. Les lleones són més perseverants, molt més, perquè en depenen els cadells dels lleons. Fins i tot és possible que la lleona estigui tan desesperada com la zebra. Aquelles quatre potes poderoses no renuncien i li van al darrere, els ullets de la fera clavats en les natges de la zebra.

Aquesta pell nostra tan peculiar, a ratlles blanques i negres, no és un caprici, és una defensa. Fes-la servir! Quan els lleons s'apropin endinsa't en la vegetació més alta que trobis, a contrallum, i quedaran encegats.

A una distància raonable hi ha una concentració d'herbotes, arbres joves i troncs morts que no arriba a la categoria de bosc, però que pot ser útil per camuflar-se. Hi entra, es mou a dreta i esquerra per despistar la lleona.

És inútil. Encara no ha sortit de la malesa i ja sap que l'estratagema ha fracassat: ara no veu la lleona, però l'olora, i sap que la lleona també l'olora a ella.

Les zebres som unes escaladores mediocres, però els lleons són penosos. En cas d'emergència, busca l'empara de pedres i rocams.

Quan la zebra surt de la malesa el terreny es torna escabrós. Normalment el defugiria. En aquestes circumstàncies, tira amunt per una elevació granítica. Els cascs ressonen quan trepitgen les roques netes d'herba. La façana és irregular, plena de traus i petits abismes. Amunt, amunt!

La lleona gruny de disgust, odia els espais trencats i verticals. I tanmateix, no s'atura. Salta de pedra en pedra amb un estil de granota. Aquella mirada, obsessivament concentrada en la zebra, ara ha de dividir-se. Primer enfoca la pedra on vol anar a parar, calcula, salta, alça els ulls per localitzar la zebra i torna a buscar la següent superfície. La zebra topa amb un ramat de cabres africanes que s'esvaloten, fugen i la increpen.

Abandona el rocam. Les pedres li han desfet les articulacions. L'aire que respira li crema els pulmons. Les cuixes li tremolen d'angoixa i de fatiga. La seva última esperança és que ara corre per espais oberts i la lleona encara està entretinguda baixant les roques. Això li permet guanyar terreny.

No. Només és un miratge. Quan la bèstia toca terra, accelera i redueix les distàncies a una velocitat prodigiosa. La zebra sap que tot s'acaba, i ho sap perquè mai ha tingut un pensament tan lúcid com el que avui l'assalta: mai s'havia parat a pensar que les zebres han sobreviscut milions d'anys a la sabana, i s'han reproduït, i han prosperat, en efecte. Però els lleons també.

Filla, si estàs desesperada, quan notis l'alè mortal a la cua, no et rendeixis. Juga-t'ho tot. Busca un riu i llança-t'hi de cap. És possible que et devori el cocodril. Però si no ho fas és segur que et matarà el lleó.

Un riu! Un riu! Però on són els rius, a la sabana? N'hi ha molt pocs i duen molt poc cabal. I ves per on, quina sort! Just davant seu li barra el pas un corrent d'aigua. Ni tan sols s'atura per descobrir morros de cocodril. Tant se val. S'hi capbussa. Mou les potes, treu el cap, inhala un oxigen que bull. Avança cap a l'altra banda amb una lentitud desesperant. Quan hi és, el fang brut de la riba fa que llisqui i es torni a submergir. Clava dues peülles al fang, s'hi ancora. Es dóna impuls. No es pot creure que hagi aconseguit sortir.

La zebra ha escalat fins terra ferma. Respira, defallida i atrotinada. Mira enrere i, oh, horror! La lleona fa servir arbres caiguts i la punta de roques mig submergides per creuar el riu a salts, més o menys com quan era al rocam.

És el final. Aquí s'acabaven les lliçons de la mare. Esgotada, no pot córrer més enllà d'un trot penós. Xopa, el pes de l'aigua es converteix en un llast. La lleona gairebé ha franquejat el riu. En un instant serà carronya.

La zebra sent un renill. El pànic la dominava tant que ni havia vist que molt a prop hi havia una congènere. Es mou en la seva direcció per demanar-li auxili, sense esma. Però quina ajuda pot oferir-li una zebra vella, mig coixa i guenya? A més, la zebra vella, coixa i guenya, que també ha vist la lleona, fuig tan de pressa com pot, que no és gaire.

Durant uns moments, sota la capa del sol, en tota la immensa extensió de la sabana, per a la zebra no existeix res més que ella i la zebra coixa, guenya i vella. Corren en paral·lel. Tots dos animals es freguen amb la pell dels flancs. La zebra avança la zebra vella. La supera. Un moment després, el soroll rítmic de les vuit potes és interromput per un esclat de fúria. La zebra no mira enrere. No ho veu, ho sent: la zebra coixa ha caigut, abatuda, i la lleona li clava les mandíbules al coll.

L'esgotament s'ha esvaït en un tres i no res. Ara la zebra s'allunya de la tragèdia fent ziga-zaga i amb uns saltironets de gasela, àgils i amanerats. És feliç, sí. Perquè avui s'ha mort una zebra, però la zebra morta no és ella. L'endemà, davant de les altres zebres, plorarà de llàstima. I serà un plor sincer. Però ella és viva. Viva. I ha après la lliçó suprema de la sabana, que transmetrà a la seva filla.

I aquesta lliçó no té res a veure amb els lleons. Tot el que li cal saber a una zebra per sobreviure a la sabana és que n'hi ha prou de córrer més que una altra zebra.

LA NAU DELS BOJOS

«Auxili, auxili, pel bon Déu», implora el nàufrag, el cos del qual es debat contra les onades del Bàltic. Se sap perdut. Però quan les forces ja l'abandonen, quan ja es resigna a una mort segura, en aquell instant cau la corda que l'ha de salvar, molt a prop, al seu abast.

La nit és tan negra que amaga la proximitat del vaixell, nau sense llums i que ara se li apareix com un monstruós ventre de balena. Una ànima providencial li ha llançat el cable salvador des d'allà dalt. Però, per sorpresa seva, cap força es decideix a hissar-lo. El nàufrag mira amunt, a la coberta, on no es veuen perfils de tripulants. La lluita li ha matat les forces. Mentre arreplega nous vigors observa la paret del vaixell. Musclos i petxines s'han apoderat de la fusta i l'han convertit en una catifa de crustacis. Alguns llistons estan podrits, verds i arquejats cap enfora com girasols.

Per fi pot escalar la corda. Aborda la nau xop i arrossegant-se, com els pops acabats de pescar. Quan s'alça, l'aigua li regalima en un miler de petites cataractes. No està sol. Davant seu hi ha un home petit, calb i sorrut que somriu. Però no és exactament un somriure, és un enigma. El mentó ensorrat, gairebé enfonsat dins del coll. Qui sap quant de temps deu fer que un atac, una tortura o un metge li van arrencar la pell de les parpelles, qui sap per què, de manera que la víctima viu obligada a contemplar el món perpètuament, qui sap com. Manté les celles alçades, tan alçades que afegeixen aires expectants a una cara rodona i blanca com una lluna de paper. Té tot el nas recobert de petits pèls negres. Però la mirada del nàufrag sempre torna a aquell somriure garratibat que ensenya dents i queixals de color gris cendra. Un boig li ha salvat la vida. El nàufrag no sap què dir. Entén que el somriure del seu interlocutor, que no parla, pregunta. Vet aquí l'essència del somriure idiota: que no diu res i ho pregunta tot.

El nàufrag es gira. La coberta és plena de gent, aquí i allà, però la paraula *gent* s'ha d'interpretar. Cinc, deu, quinze, potser vint. I tots, sense cap excepció, són a mig camí entre la humanitat i la bestialitat. N'hi ha que parlen, però així com si l'altre fos una cosa o no fos res, sense escoltar-lo ni esperar resposta. La majoria viuen sols, per bé que les carns topin i a voltes s'ataquin per accident. N'hi ha un que per tota vestimenta duu una roba de sac que no li arriba ni al melic; les virilitats li pengen indiferents. No té braços. Té les cuixes més primes que una cigonya, balla descalç, sense música, balla a un ritme tan frenètic que derrotaria els abissinis. Més enllà, enfilat a la punta de la proa i mirant el cel, un vell que sap llatí i manté greus diàlegs amb sant Patrici. Tan aviat crida amenaces mortals contra el sant com es mostra disposat a ser més clement. Toca una campaneta. Hi ha una pagesa amb la boca rodona i oberta com un pou, la mandíbula desencaixada, sense dents, només genives. Fa un moviment de pèndol amb els braços, com si tingués tots els ossos trencats. Porta nou faldilles, la qual cosa no impedeix que sigui visible la gran taca vermella que s'escampa per les anques de llana. Un passatger s'apropa al nàufrag amb la mà estesa. Li ofereix excrements amb l'accent dels lituans educats a Hamburg:

–Pastís pilot? Pastís pilot? Pastís pilot? Pastís pilot? Pastís pilot?

Pilot? Que potser li demanen que piloti aquesta nau que és una closca de nou a la deriva, aquest desastre que si encara flota és per miracle? No té veles, no té timó, no té fanals. I de cop i volta li arriben veus, moltes veus de passatgers que s'oculten sota coberta. La meitat exacta d'aquests crits són els gemecs més desesperats que ha sentit mai. L'altra meitat, els riures més desesperats que ha sentit mai. Per separat no serien res, però riures i gemecs alhora es converteixen en una finestra de l'infern. El nàufrag s'imagina la bodega com una cassola de pescadors, plena de cucs bellugadissos; però, en lloc de cucs, cossos. El nàufrag pensa, amb la boca oberta, i comprèn on es troba.

A la costa més propera encara es manté una vella tradició. Quan al port hi ha un vaixell abandonat perquè el patró no pot fer front als seus deutes o perquè és tan vell que se'n va a pic tot sol, les autoritats aprofiten per omplir-lo amb tots els bojos de la província. No és un acte violent, és festiu. El prefecte es vesteix amb velluts oficials, la gentada riu, molt engrescada. Els bojos són duts a port com un ramat i allà se'ls ofereix la possibilitat d'embarcar-se en una nau penosa. Infinitament greu, el prefecte convida els bojos; anuncia que aquella nau durà els pelegrins a Jerusalem i que el passatge és gratuït. No se'ls força: alguns s'embarquen, d'altres no. És una mena de judici on l'acusat fa de jutge: ell decideix si hi puja o no, si és prou boig o no. Malalts que semblen perduts per laberints d'una demència minoica, sorprenentment, intueixen l'amenaça i no s'embarquen. En canvi, individus d'aparença normal són víctima d'entusiasmes místics. Il·lusos, perquè fins i tot les rates oloren l'amenaça i fugen en bandades, fent equilibris per les cordes que encara lliguen la nau als pilons del port. Acte seguit se celebra una festa, i quan arriba la nit la multitud acomiada la nau amb grans escarafalls. L'endemà al matí el vaixell ja ha estat engolit pels corrents del Bàltic. La condemna és segura, no cal dir-ho. Els bojos estan condemnats a la set i la gana, potser al canibalisme. Estan condemnats al naufragi, més tard o més d'hora. Estan condemnats a una mort lenta i horrible, tan atroç que se situa més enllà del dolor i la imaginació. Més enllà de Jerusalem.

L'oratge ha perdut impuls; l'oceà esdevé una bassa d'oli. Ara hi ha una boira més gruixuda que les muralles de Constantinoble, un puré de patates que converteix la mar en unes tenebres blanques i tranquil·les. Els riures i gemecs de sota la coberta s'atenuen una mica, potser per cansament. Però és la calma dels purgatoris, que no duu enlloc.

De cop i volta el nàufrag veu una cosa excepcional: un vaixell en sentit contrari. Salta a la proa, aparta amb violència el dement que sap llatí i que, impertèrrit, continua el seu litigi amb sant Patrici.

Les dues naus s'apropen a poc a poc, foradant una boira que es diria farina humida. És un pesquer nòrdic, no hi ha cap dubte. Els avantpassats de la tripulació van ser guerrers ferotges. Avui en dia només són cristians que han canviat les espases i armadures per xarxes i arpons. Moltes naus com la seva freqüenten aquestes aigües, riques en bacallà. Però amb l'última cosa que esperaven coincidir és amb una nau de bojos. Els mariners es miren els dements amb indulgència i misericòrdia. Quan les dues embarcacions es creuen, tan a prop que quasi podrien tocar-se, aquells homes mantenen un silenci de cementiri, astorats com criatures. També tristos. Dels dies antics encara recorden una veritat: que els oceans i el món s'acaben de sobte en embuts que tot ho devoren. Ara tenen al davant un d'aquells embuts. Perquè, què pot ser aquella nau sinó un dels finals del món?

Hi ha un gran contrast entre el silenci dels nòrdics i la cridòria dels bojos. El nàufrag veu que molts emergeixen de la bodega, com avisats per algun instint misteriós, o com dimonis a qui ningú no ha invocat. Tots s'apleguen a la borda que frega el bacallaner. Gesticulen i udolen com una horda de micos, uns brams que obturen els arguments assenyats del nàufrag:

–Favor, favor! No sóc un boig, sóc pilot, súbdit del rei de Lituània! Qui em salvi serà recompensat amb l'or dels generosos!

El nàufrag veu en el pilot del bacallaner el seu interlocutor natural. És un home que ja transita per l'edat tolerant, els ulls de color aigua. Fa sospirs, i gràcies a la poca distància i a aquella atmosfera densa, el nàufrag sent que comenta:

–Ai. Vet aquí l'esperit més malaguanyat de tots, perquè el més boig dels bojos ha de ser aquell amb un deliri tan espantós que el fa pilotar la nau.

El nàufrag queda garratibat. No, el pilot del bacallaner no l'ha entès! El nàufrag és un pilot d'experiència reconeguda, l'enveja de tot el gremi. Ha pilotat els vaixells del rei des de Groenlàndia fins a Mèxic. Ha dut caravel·les als ports d'Angola. I a Babilònia. I a la selva del Paraguai. I a les muntanyes del Caucas. I a la cort de Mongòlia. En certa ocasió va arribar fins i tot a la Lluna, on va ser rebut per una princesa selenita amb qui va mantenir un amor tan cast com digne. Tenia previst un memorable viatge fins a la ciutat tectònica, la que batega al centre de la Terra, és clar que sí, però un naufragi s'ha interposat entre ell i la glòria.

Desesperat, amb llàgrimes als ulls, el nàufrag es llança a l'aigua, decidit a arribar al bacallaner encara que sigui nedant. Però és inútil. No és un dofí. I, per acabar-ho d'adobar, la mar comença a picarse amb una mena de crueltat premeditada. Més enllà del seu abast, la boira devora lentament el vaixell nòrdic. Els dos fanals de llum groga de la popa es van apagant, així com els ulls de l'àngel que renuncia a una ànima que voldria salvar.

«Auxili, auxili, per la gràcia del bon Déu», implora el nàufrag, el cos del qual es debat contra onades bàltiques. Se sap perdut. Però quan les forces ja l'abandonen, quan ja es resigna a una mort segura, en aquell instant cau la corda que l'ha de salvar, molt a prop, al seu abast. La nit és tan negra que amaga la proximitat del vaixell, nau sense llums, que se li apareix com un monstruós ventre de balena.

LA SOLIDARITAT QUE VA VENIR DE LES ESTRELLES

Mai no ha existit un contrast tan gran entre un escenari i el seu públic. Un teatre d'òpera de dimensions olímpiques, plagi de catedral, que contra tot pronòstic havia estat cedit per al congrés de la Internacional Socialista. Certament mai no s'havia vist un aplec de revolucionaris tan insigne i tan multitudinari. De Portugal al Caucas, de Terranova a la Patagònia; activistes de Dublín, de Trieste, de Màlaga i de Cracòvia. Un del Senegal. Si haguéssim sumat els anys de condemna complerts o defugits per tots els presents, segur que hauria aparegut un número de sis xifres.

Havíem de lamentar una il·luminació deficient. Potser els organitzadors no havien previst les diferències entre un congrés socialista i una representació teatral, i els pocs llums que hi havia estaven orientats cap a l'escenari per il·luminar unes cadiretes on seien els líders de les dues tendències enfrontades, tot esperant el seu torn. Més a prop del públic s'alçava una mena de púlpit, des del qual els parlamentaris maldaven per fer-se sentir. Esforç inútil. La identitat de l'orador precedia el seu discurs, que era esclafat per les veus enemigues. Per desgràcia, el congrés s'havia convertit en el camp de batalla de les dues tendències. Tot el teatre estava saturat per una atmosfera saturniana. Les tenebres feien que a platea els cossos s'arremolinessin com corbs, sense disciplina; a les llotges del primer pis, els braços gesticulaven com una munió de pops. Em sembla que a ningú li interessaven els parlaments. Els militants comunistes apunyalaven a crits els oradors anarquistes, els militants anarquistes lapidaven a insults els oradors comunistes:

–Buuuuh! Buuuuh!

Però quan la cridòria ja adquiria vida pròpia va arribar el torn del doctor Murray. Passava per ser un dels caps més potents i alhora més humils del nostre segle. En ell resplendien veritats òbvies però sovint negades pel poder: que el coneixement enciclopèdic és la negació del coneixement, i que l'exercici científic per força crea conflictes amb l'ordre establert. Faraó que odiava les piràmides, astre lluminós que tenia per fita l'eclipsi de la barbàrie capitalista, en ell lluïa aquesta rara qualitat que consisteix a atreure per igual l'admiració d'amics i d'enemics.

Fins aquell instant s'havia assegut en silenci, un genoll sobre l'altre, més aviat abstret. En sentir el seu nom, es va bellugar a dreta i esquerra, les mans a les butxaques com aquell que es descobreix víctima d'un carterista. Buscava uns folis plens de notes que algú li va fer arribar.

La raça anglosaxona crea fisonomies extremes: o pirates que aspiren al patíbul o esperits superiors. En Murray era d'aquests últims. Vestia molt bé. I era d'aquells homes que s'afaiten la barba com si els guiés un compàs nàutic, amb precisió de graus. Els cabells blancs sobre la pell rosada suggerien que creuava la tardor de la vida. Hauria pogut ser president honorífic del partit conservador, o governador de l'Índia. Doncs no. Per la causa revolucionària havia sacrificat honors i beneficis. Que existís algú com el Doctor Murray almenys servia per resoldre un vell debat: pot ser que la virtut sigui només una entelèquia, sí, però és del tot segur que hi ha homes virtuosos.

El vaig veure dret enmig de la cridòria, impassible, repassant els apunts amb unes celles arronsades que s'inclinaven sobre els folis. Les pestanyes pèl-roges feien pensar en ullets de conillet. Mentre es netejava les ulleres amb el mocador de seda s'autodirigia un xiuxiueig. El meu pensament automàtic va ser: aquest home té alguna cosa a dirnos. També vaig témer que a aquelles altures de la sessió en Murray fos un bon àpat que arriba massa tard; havien trigat tant a servir-lo que els estómacs més impacients ja eren els més inapetents, les passions emancipades dels seus propietaris. I, tanmateix, la llibertat mai quequeja.

Al principi no vaig entendre que en Murray recorria a una pedagogia infantil. Com que era impossible fer-se sentir va optar per parlar fluix, molt fluixet. Ja tenia previst, crec, que la primera part del seu discurs no l'escoltaria ningú. A causa del rebombori la veu només arribava fins als assistents de les primeres files. Però fins i tot ells devien tenir dificultats per entendre'l, perquè ells mateixos, amb uns «xxxt!» enèrgics, van demanar silenci als camarades de la fila del darrere. El fenomen es va escampar per tot l'auditori com una onada i un minut després, miracle, tots els revolucionaris del món l'escoltaven. Des de Portugal al Caucas, des del Quebec a la Patagònia.

Jo era més o menys al centre-esquerra de la gran sala i tampoc vaig entendre gaire cosa dels inicis de l'al·locució. Només podia intuir la transcendència del discurs per l'expressió de dos vells militants molt propers a l'escenari. Un s'adscrivia a la tendència comunista, l'altre era anarquista torturat. El primer estava més blanc que un cavall blanc. El segon se senyava. D'on venia tanta sorpresa? Potser en Murray havia començat amb grans novetats, perquè ara la veu es limitava a referir uns progressos menors, certs afegits tècnics a l'aparell de Graham Bell. Però quan en Murray va estar segur que l'auditori sencer l'escoltava, en aquell precís instant, va fer un resum del que havia dit abans de guanyar-se l'audiència general:

–I va ser d'aquesta manera, benvolguts camarades, com va establir-se el primer contacte telefònic amb els habitants del planeta Mart...

Imaginem un tifó quan topa amb la serralada del Tibet i l'asfixia. Les boques es van tancar i els ulls es van obrir. En Murray es va treure les ulleretes amb una mà analítica. Aquell cervell privilegiat consultava els papers, buscava les paraules exactes per donar forma al seu pensament, però com si tot plegat no tingués gaire importància, o fos tan conegut per l'orador que ja s'havia habituat a l'extraordinari. I mentrestant, sense adonar-se'n, el braç que sostenia les ulleretes feia cercles de caprici, lluny del cos. Tots érem captius dels moviments d'aquella papallona de metall. Amb una seguretat elemental va dir:

–Bé. Suposo, benvolguts camarades, que més enllà dels detalls tècnics us preguntareu com és i com s'articula la societat marciana.

Va dubtar. Va dir:

–És... és...

Una pausa. Va seguir:

–És... tan bonica...

Des del meu angle vaig poder veure clarament les tremolors d'una mà i d'un genoll d'aquell heroi de l'intel·lecte. Defallia, vençut per una emoció estètica o mística, no se sap, mig cos fluix com un guant buit. Però el prohom es va recuperar.

Feia 10000000000000006 anys que els camarades marcians havien dut a terme la seva revolució proletària. En aquell món les energies polítiques, les potències econòmiques i les estructures socials només tenien un sentit i una fita: que tots i cadascun dels ciutadans gaudissin de tots i cadascun dels mitjans per desenvolupar lliurement totes i cadascuna de les seves capacitats humanes (o marcianes). L'únic delicte, oposar-se a aquest principi.

En Murray va fer un gest cansat amb totes dues mans, un gest molt difícil de descriure. Acte seguit el discurs va fer un gir:

–Per als camarades marcians va ser una gran sorpresa descobrir l'existència de vida intel·ligent fora de Mart. I, com és natural, han dedicat una rigorosa anàlisi a la conjuntura política terràqüia, que jo mateix m'he encarregat de transcriure amb objectiva fidelitat. Ara em confessaré: la passió i la precipitació fan manetes, i no vaig poder evitar de fer-los una sol·licitud política sense consultar els nostres líders.

Va inspirar, per necessitat i per reprimir un sentiment, i va continuar:

–Vaig gosar demanar-los que l'avenç tecnològic de Mart vingués a ajudar les forces revolucionàries de la Terra, i que d'aquesta manera la nostra lluita cremés etapes.

Inesperadament, l'assenyat doctor Murray va fer un bram:

–Imagineu-vos, camarades! Els cels de París, de Londres, de Nova York i Sant Petersburg coberts de naus transatmosfèriques! Naus armades amb canons altament explosius, que comminaran les monarquies, les burgesies, a cedir el poder al proletariat internacionalista, ara interplanetari!

Després d'un dubte, causat per aquestes estupefaccions que necessiten un minut sencer per pair-se, en Murray va ser interromput per una salva d'ovacions. Jo també em vaig posar dempeus. Vet aquí l'alba de la Nova Era! Vet aquí el nus gordià de la Història desfet d'un cop d'espasa sideral! Aplaudíem tant que ens cremaven els palmells i ens els havíem de bufar. Però el doctor Murray deia que no, pregava que el deixéssim parlar, que no havia acabat.

–Heu de saber que a demanda meva, i després de profundes reflexions ideològiques, el poble de

Mart va contestar amb una pregunta, que ara us transmeto amb la natural emoció.

No va poder. Va caure a terra com un roure abatut per llenyataires invisibles. Es va escampar un soroll de peus inquiets que expressaven la solidaritat amb l'orador. Encara més, si som sincers. I si el savi moria sense llegar-nos les paraules de Mart? A aquelles altures ja no interessava tant el doctor Murray, o els seus innegables mèrits, com el missatge de la república marciana. Aquell dia vaig aprendre que ens extasia molt més allò que ignorem que allò que sabem. No, no era mort.

El sospir d'una multitud pot fer més soroll que el d'un ramat de búfals. En Murray va refusar amablement l'ajut de quatre mans sol·lícites. No, no, gràcies, estic bé. Parlaria? Encara no. Va beure aigua, els dits li tremolaven. Un home s'afegeix molts anys quan s'eixuga la suor del front amb un mocador. Tot l'auditori tenia un pensament comú, un de sol: oh, si us plau, camarada Murray, parli! Mai no he vist tants punys a dins de tantes boques, delintse, paradoxalment, amb la mateixa ansietat que els captivava. Semblava que en Murray s'hi decidia. Doncs no, encara ens va fer patir una mica més.

Sense pressa, aliè a l'expectació que ell mateix havia generat, va consumir una càpsula d'èter, dues, que havien d'insuflar aire nou als pulmons del geni. I per fi, ara sí, va parlar:

–La qüestió formulada pels camarades de Mart és aquesta. Ens han dit: «En efecte, podem atacar els enemics de la revolució amb armes temibles. Tot i el nostre pacifisme extrem, tot i que fa 10000000000000006 anys que hem abolit la indústria armamentística, la solidaritat proletària ens pot moure a crear una flota de guerra transatmosfèrica.»

En Murray va obrir els braços. Només tenia dos ulls, però abastaven tot el públic. I va concloure:

–Però Mart també ha dit més coses: «Tanmateix, abans que Mart es mobilitzi, el planeta Terra ha de contestar una pregunta justíssima i necessària. És aquesta: està preparada la humanitat per acollir la bona nova de la revolució?»

I Murray va repetir pel seu compte, interrogantnos amb tota la severitat que pot exhibir la mirada d'un geni, que és molta:

–Ho està, camarades? Ho està? Mart espera la nostra resposta.

Silenci. Quin silenci. El doctor Murray havia aconseguit amb una notícia el que no havien aconseguit les policies de totes les plutocràcies juntes: emmudir els revolucionaris del món sencer. Un lleuger estossec i el pas dels tacons prims d'una periodista, que fugia, engrandien encara més el mutisme general. Ningú no reaccionava fins que allà, al fons, es va alçar un braç vestit amb un abric negre. No sé si aquell braç pertanyia a un obrer, un tipògraf o un intel·lectual. Tant és, suposo. Alçava un dit d'alumne, i quan el Doctor Murray l'hi va permetre, va dir:

–Tot això que ens comunica, camarada Doctor Murray, aclapara i trastoca.

La veu va fer una pausa, com si pel camí hagués perdut idees. Només van ser uns segons. De cop i volta va exaltar-se:

–Però faci el favor d'aclarir-nos un extrem. Aquests camarades marcians què cony són? Anarquistes o comunistes?

LA LLEI DE LA SELVA

Em vaig despertar a la selva, els braços en creu, fermats a un pal, i la meva dona lligada a l'esquena. Al principi no recordava el que ens havia passat.

No és fàcil posar-se dret quan estàs lligat a algú. Els braços d'ella també estaven oberts i lligats al pal comú; les nostres cintures, unides per més cordes; la seva columna vertebral contra la meva; els nostres turmells, lligats i relligats per cordes i nussos; els seus talons, contra els meus. Allò m'obligava a caminar trontollant i a ensopegar, entre les punxes i frondositats de la selva.

Quan per fi vaig arribar a un poblat el primer que em va veure va ser un nen. Va pensar-se que aquella figura duplicada era un monstre que emergia de la selva i va fugir plorant. Els adults no van trigar a aparèixer:

–Ajudeu-me –vaig gemegar.

Però la resposta va ser:

–Has matat la teva dona. La tradició és lligar l'uxoricida a la víctima i abandonar-los plegats a la selva. Això ho sap tothom, i ningú vol ajudar un assassí de dones conegut i reconegut. Gira cua, criminal.

Si fa no fa, allò va ser el que em van dir a tots els poblats que vaig trobar el primer dia. El segon la meva dona ja pudia. Els insectes aeris, que són els més llestos, de seguida van saber que no podia defensar-me la cara i m'atacaven les suors, els forats i els ulls. Uns borinots nans i vermells se'm van ficar als narius i hi van niar.

Vaig canviar de rumb per anar a implorar compassió als poblats del sud.

–Fora d'aquí! –m'increpaven–. Ella et va oferir el seu ventre perquè tinguessis fills, i tu l'hi vas pagar amb una punyalada a la panxa. Ara l'hauràs de carregar al damunt per sempre.

Per menjar havia d'amorrar-me als fruits, pocs i verds, que trobava a l'alçada de la boca. Mossegar aquelles dolçors encara atreia més insectes, amb ales o sense. Em desesperaven tant que quan apareixia un riu m'hi submergia amb l'esperança d'ofegar aquelles hordes diminutes. La treva que guanyava era mínima i, per acabar-ho d'adobar, l'aigua calenta accelerava la putrefacció. Quan el sol arribava al zenit, la crosta de mosques era tan gruixuda que duplicava el pes que havia d'arrossegar.

La gent de l'est es va comportar com la del nord i la del sud. Els poblats indulgents em foragitaven a cops de verdures podrides; els més severs, apedregant-me.

–Assassí de dones! –em deien–. No tornis mai més per aquí! Ara ja sabem qui ets.

Quan ja em pensava que no hi podria haver res de pitjor vaig descobrir que sí, que les nits encara podien ser més cruels que els dies. A aquelles altures ella estava tan descomposta que ens assaltaven criatures de dimensions diverses. Si dormia cap per avall, amb el cos d'ella damunt de la meva esquena, m'abordaven escarabats, formigues i aranyes carnívores que em feien servir com a plataforma per arribar fins a les seves carns. Si em girava, dormint amb els ulls de cara a la lluna, era pitjor.

Els ratpenats gegants i els marabús nocturns ens atacaven amb el bec, i tant els feia endur-se una xuclada de sang calenta com una de freda, arrencar l'ull d'un cos viu o d'un de mort.

Només em quedava la gent de l'oest. Eren molt orgullosos i van sentenciar:

–Qui mata un guerrer a la guerra és l'home més digne; qui mata una dona en la pau és el més menyspreable. Fuig, espectre, no et volem veure mai més, ni de nit ni de dia. Estàs avisat.

El refús dels homes m'havia convertit en una ànima en pena. Tots els monstres que apareixen en els nostres somnis i en els nostres contes habiten les foscors del bosc, mai els poblats amb llars de foc. La pitjor sentència és la de vagar per les solituds inhumanes del bosc, sense fita ni pausa, sense poder parlar ni callar amb ningú. Que fos viu o mort ja no significava res.

Entre les nostres esquenes en contacte s'havia format una paret de cucs. Ja no podien trigar gaire a devorar-nos a tots dos, i vaig jeure al peu d'un gran arbre, sense esma. Estava resignat a morir quan vaig veure arribar un grup d'homes amb els punys tancats i les mans armades de matxets. Els vaig reconèixer de seguida. Eren els mateixos que m'havien jutjat, condemnat i executat. No els devia haver costat gaire trobar-me. Em coneixien tots els poblats de la selva, i rere meu deixava un rastre de ferums depravades, que són les més cridaneres. Per a mi els matxets eren un alliberament. Vaig oferir-los el coll i tot el que vaig dir va ser:

–Gràcies.

Però ells van replicar:

–Volíem estar segurs que tothom et conegués.

En lloc de tallar-me el coll els matxets van tallar les cordes. I van dir:

–Au, vés. El càstig comença ara.

DE PETIT, TOS DE GOS;
DE GRAN, POTA D'ELEFANT

Quan vaig arribar a casa dels meus pares la meitat del braç dret, des de la punta del dit fins al colze, ja s'havia convertit en una pota d'elefant.

–Mama, mira –vaig somicar.

La meva mare va cridar el meu pare. Com que era al garatge va venir en samarreta i netejant-se les mans amb un drap brut. Va voler saber des de quan em passava. També em va preguntar, i pel to s'endevinava que era una mitja acusació, per què no hi havia anat abans.

Si dic que mig braç era una pota d'elefant és que ho era. Imaginem una pell grisa i dura, esquerdada com aquella terra africana que fa deu anys que no veu una gota de pluja. L'avantbraç sencer s'havia convertit en un cilindre de carn, pel damunt del qual s'hi escampaven quatre pèls, no gaires, però llargs i negres. En lloc de dits hi tenia tres ungles en forma de mitja lluna, gruixudes i compactes com un vidre antibales; el sentit del tacte era mort. El que no es pot descriure amb paraules és la meva angoixa.

El meu pare va moure el cap i va fer un gest molt seu, que més o menys volia dir «Ja t'ho vaig dir» i també «Jo no puc fer-hi res». Em va preguntar:

–Et fa mal?

–No, no és això.

Casualment la meva germana hi havia anat de visita. Va fixar-se en la pota i els seus ulls es van convertir en dues llimones. Els meus pares, almenys, havien intentat conservar un vel de calma. Ella no.

Jo no sabia que una cara humana pogués tenir tants músculs fins que vaig veure la seva expressió d'horror. La meva mare no va poder aguantar-se el plor. Va aprofitar-ho per fugir i anar a fer trucades des del telèfon de la cuina.

–On vas? –va cridar-li la meva germana. I també: –Que no ho veieu? És que no ho veieu?

Allò era molt típic de la meva germana. Sempre es queixava que els meus pares discutien i mai no feien res. Segons ella discutien per *no* haver de fer res. Però tot el que ella feia era criticar que els meus pares discutissin, i quan hi havia un problema, un problema de debò, tampoc no feia mai res. Va encendre un cigarret. Com que era una histèrica fumava tot el dia. Estava molt bona, això sí.

–Oh, nen! –va intentar consolar-me.

Tota la vida he odiat que em digui «nen», encara que només sigui perquè li duc cinc anys. Vaig seure al sofà, pensant que si li explicava com havia anat la cosa potser em calmaria una mica:

–Ha començat de bon matí –vaig dir–. Estava esmorzant ous ferrats quan he vist que la pell, començant pels dits, em canviava de textura i de color. M'he oblidat dels ous ferrats, és clar. Ha estat un procés molt lent, amb prou feines es notava si avançava o no. Era com intentar veure si una persona s'engreixa mentre menja. Però si agafava un regle i ho mesurava cada quart d'hora, llavors sí, podia veure que la conversió havia avançat uns quants mil·límetres. A quarts d'una, quan ha arribat al colze, la transformació s'ha aturat del tot i he vingut cap aquí.

Tenia la boca seca, ja no sabia què més dir. Per sort en aquell moment va entrar el marit de la meva germana.

–Tranquils –va dir–, tothom tranquil. Sobretot tu.

M'ho deia fent «alto» amb la mà com un poli aturant cotxes. Em vaig admirar que hagués vingut tan de pressa. I que la meva mare l'hagués trucat. Sí, d'això també. Però en el fons hi havia una explicació a la seva arribada fulgurant.

El meu cunyat mai no s'havia sentit part de la família, més que res perquè el meu pare i la meva germana el boicotejaven per sistema. Quan l'home intentava ser útil, o simpàtic, el meu pare mirava a banda i banda, deia «buf!» i feia la salutació hitleriana. Dic la salutació de Hitler i no la típica salutació nazi, amb el braç recte i estès. El meu pare movia el braç com Hitler quan entrava en un saló, la mà a l'alçada de l'orella i tirant-la enrere com un marieta, i rebufava aquell «buuuf» cansat. La meva germana era pitjor. Li dedicava uns sarcasmes tan abominables que no sabies si parlava amb el seu marit o amb Fu Man Txu. Fes el que fes, el pobre noi estava menys integrat a la família que la tortuga del jardí. Per què aguantava la dona, el meu cunyat? Perquè estava molt bona i ell sempre anava més calent que la pixada d'un camell, suposo.

–Tranquils –va insistir–. He dut dues ampolles de cava. Són a la nevera i aviat es refredaran.

La meva germana va fer la ganyota que sempre feia quan volia demostrar que estava immensament escandalitzada: va estirar el coll endavant, com una oca, i va empetitir els ulls. Una altra cosa que feia quan volia deixar ben clara la seva indignació –i que jo odiava profundament– era vocalitzar les paraules síl·laba a síl·laba, remarcant-les com si les escopís:

–Què-has-dit-que-has-dut?

El meu cunyat, avergonyit, va excusar-se:

–Si poses les ampolles tocant les parets del congelador es refreden més de pressa.

–Però tu has vist què passa aquí? –va cridar la meva germana assenyalant la meva pota–. I dius que has dut dues ampolles de cava!

–Dona... –va intentar justificar-se el meu cunyat–. M'ha semblat que si duia cava almenys no semblaria un enterrament.

A qui havien d'enterrar era a mi, és clar. Volia plorar, però no tenia prou valor. Per acabar-ho d'arrodonir, va arribar el tiet Ramon. Un milhomes, un setciències, l'última persona d'aquest món amb qui mai, mai de la vida, hauries de jugar al Trivial Pursuit. Sempre tenia el posat d'un president dels Estats Units que ha de decidir si bombardeja Cuba abans que els russos hi instal·lin míssils nuclears. Un dia li vaig fer patir una humiliació tremebunda. Érem a la sobretaula d'un dinar familiar i, no sé com, va sortir el tema del naixement de Jesucrist. Segons el tiet Ramon Jesucrist havia nascut l'any zero. Jo li vaig dir que no, més que res perquè l'any zero no existeix. En història hi ha l'any u i l'any menys u, punt. Ens vam entossudir, ell que sí i jo que no, i al final es va demostrar que qui tenia raó era jo, naturalment. Mai em va perdonar aquella derrota pública. Fos com fos, els meus pares l'admiraven i no era estrany que la meva mare l'hagués trucat.

Em va examinar la pota com un expert en pernils. A favor seu he de dir que fins aquell moment encara no me l'havia tocat ningú. Tothom es va congregar al voltant del meu braç, o del meu tiet, no ho sé.

–Pota d'elefant, sí –va dictaminar com si fos veterinari. I amb un xiuxiueig misteriós va afegir: –O d'hipopòtam.

Va ordenar a la meva mare que dugués un gerro de flors ple d'aigua calenta, ben calenta.

–Així s'estovarà –va dir.

–No deus voler que me l'amputin, oi??? –vaig somicar.

–I per què només s'ha transformat mig braç? –va preguntar el meu pare, com si jo no hi fos.

–Perquè si no no podria flexionar el colze –va dir el meu tiet. I a mi: –Fica el braç al gerro.

No hi havia cap lògica entre la pregunta i la resposta, és clar, però ben mirat era un consol que la transformació em permetés moure el colze. I quan a un el consolen no li costa tant fer el que li manen.

Tenia mig braç a dins del gerro d'aigua quan va entrar el meu cosí. Feia anys i panys que no el veia, però continuava amb aquell somriure d'anunci de pasta de dents. Tenia unes mandíbules de Superman, més quadrades que un tauler d'escacs. I era ros com una patata de bossa, idèntic als testimonis de Jehovà, que són tots idèntics. Només li faltava una Bíblia a la mà. Però no, no tenia idees religioses, bàsicament perquè el meu cosí no tenia idees. Ni una. Ni mitja. Ni un quart d'idea. Això el feia molt feliç i molt bona persona. Si algú li hagués dit que era un home frívol no ho hauria entès, de la mateixa manera que el burgès de Molière no sabia que parlava en prosa. Quan érem joves, i les nostres mares encara no s'havien discutit, estudiava medicina. S'asseia a esmorzar en uns graons que hi havia per sobre de la piscina on tenien els cadàvers cosits i recosits amb què feien pràctiques de dissecció. El meu cosí els llançava molles de pa, com si fossin coloms. Era molt divertit sentir-l'hi explicar: deia que ell, personalment, estava convençut que si tirava les molles amb prou convicció al final els morts obririen la boca i se les empassarien com peixos. Després va muntar una clínica on operava tetes i es va fer ric. Això m'ho va dir algú altre, no ho sabia per ell, perquè com que les nostres mares s'havien discutit ja no ens havíem retrobat més en cap comunió, ni casament, ni res.

La veritat és que tots dos estàvem molt contents

de tornar-nos a veure. La seva forma d'afrontar el drama era fer-me un regal:

–Mira què t'he dut –va dir.

Era la barra d'un burro amb totes les dents i queixals.

–Va molt bé per tocar ranxeres. Perquè soni li has de passejar un pal per les dents.

–Com vols que toqui amb *això*? –vaig dir traient la pota del gerro.

–Però si tu no ets músic –es va excusar–. Serveix per adornar parets. Quedarà molt bonic, no et sembla? O és que no tens parets?

–Em pensava que havies vingut perquè eres metge –vaig gemegar.

–No, si jo només sé operar tetes –es va desentendre–. Del que et passa a tu no en tinc ni punyetera idea.

La seva filla era una nena tan intel·ligent com tímida. Fins aquell moment s'havia amagat rere els pantalons del seu pare, però quan va veure el meu avantbraç cilíndric va dir amb cara de matí de reis:

–Oooh! Tens un braç de gitano. Un braç com un braç de gitano, vull dir.

–No –vaig oposar-me–. És una pota d'elefant.

–O d'hipopòtam –va insistir el meu tiet, feliç de poder continuar exercint l'autoritat de metge, ja que el meu cosí havia abdicat de la seva. Em va manar:

–Torna a ficar el braç al gerro.

–Caminaràs com un elefant! –va dir la nena.

–No vull caminar com un elefant! –vaig protestar–. I ben mirat només és mig braç d'elefant.

La nena s'ho va rumiar i va concloure:

–Podràs caminar com una vuitena part d'elefant!

A la seva edat la canalla no acostuma a dir «vuitena part», era una nena molt llesta i amb molt bon cor. Va treure els ulls de la pota i em va mirar a la cara:

–Et fa mal?

–No –vaig dir–. Te'n recordes, quan et vas trencar el bracet i te'l van enguixar? Doncs s'hi assembla una mica.

–Ah.

De cop i volta la meva mare i la meva tieta van sortir plegades de la cuina. Jo no m'havia adonat que la meva tieta feia estona que hi era. Totes dues ploraven. La pota d'elefant havia estat un motiu prou poderós perquè es truquessin i la tieta acudís. L'endemà la meva mare m'ho va explicar: feia tants anys que no es parlaven, que quan es van retrobar a la cuina van adonar-se que ja ni es recordaven de per què s'havien discutit.

La meva tieta era la pera. Quan érem petits ens explicava el sistema per veure fantasmes. «Heu d'escoltar amb els ulls», ens deia, i es podia passar mil hores parlant dels espectres, que no eren bons ni dolents, de la mateixa manera que la gent en general no és ni bona ni dolenta. Jo no entenia com es podia escoltar amb els ulls, però quan ella t'ho explicava et quedaves bocabadat. Per això em va saber tant de greu que es barallessin. Per ella i pel meu cosí. I després de tants anys allà les teníem, plorant totes dues com bledes, agermanades altra vegada.

La meva mare va servir gotets d'anís per a tothom mentre s'eixugava les llàgrimes. Quan la commoció es va esvair una mica, la tieta va dirigir la seva atenció al meu braç. Fins aquell moment el fet que ella i la meva mare tornessin a ser amigues havia eclipsat el meu drama. Va mirar-se la pota d'elefant amb cara de disgust i va fer servir el seu famós «I ara!».

Aquí vull aclarir que la meva tieta tenia una manera de fer servir l'expressió «I ara» com ningú més en aquest planeta. Era un «I ara» que buidava de significat qualsevol cosa. Qualsevol. Si el president Roosevelt hagués sentit l'«I ara» de la tieta, l'atac a Pearl Harbor li hauria semblat una nimietat, mai no hauria declarat la guerra al Japó i Hiroshima i Nagasaki encara estarien senceres.

–I ara! –va dir–, per això tanta comèdia?

Parlava com si la pota fos una cosa tan molesta com un caramel de cafè d'aquells que s'enganxen a les dents.

–Tieta –vaig al·legar com si necessités justificar-me–, m'he quedat sense dits, i mira quin braç.

–I vols dir que els dits no són sota la crosta de pell? –va dir el meu cosí.

–Fes força –va dir la nena–. Potser et sortiran.

–Sí –va dir el seu pare–. Per què no? Prova-ho.

Vaig treure el braç del gerro d'aigua i, encara xop, el vaig estendre sobre una tovallola, damunt la taula. Vaig fer força. A dins del puny se sentien uns sorollets de sabata que trepitja vidres. I sí. Vaig notar com si una crosta invisible es trenqués. De cop i volta vaig sentir fred a la punta dels dits.

–Han sortit! –va cridar el meu pare–. Els estàs movent! Han sortit! Els dits i la mà sencera!

Tenia els dits adormits i una mica freds, però eren els meus dits. La meva mare i la tieta van fer uns xisclets d'ensurt i d'alegria, com fan les dones quan van al futbol i la pilota està a punt d'entrar. Els homes, en canvi, reien i, en una reacció que no vaig acabar d'entendre, aplaudien.

El meu tiet era feliç perquè s'adjudicava el mèrit d'haver estovat la pota; la meva mare i la tieta, perquè s'havien reconciliat. Fins i tot la meva germana es va mirar el seu marit amb ullets tendres quan va proclamar:

–Ja puc treure el xampany?

–Ara tindré un avantbraç de cada color –vaig gemegar.

–Això rai –va dir el meu cosí–. David Bowie té un ull de cada color.

–Però m'ha quedat un braç una mica més gruixut que l'altre –vaig insistir.

–I què? –va dir la nena–. Com els tennistes.

El meu germà es va presentar mentre tothom bevia xampany. Potser per això no li van fer gaire cas. Em va veure i em va dur a una habitació.

–Sort que et trobo –va dir–. Em vull trepinyar una russa i no m'hi arriba. Volia demanar pasta als papis, però ja que hi ets serà millor que me la deixis tu. Per cert, què hi fa, tanta família?

–No em notes una mica diferent? –el vaig interrompre–. Fixa-t'hi bé.

Em va semblar que no m'havia entès. Per donarli alguna pista em vaig gratar la punta del nas amb la mà de la pota d'elefant. Em va mirar de cap a peus, i va dir:

–Aquestes ulleres que duus són noves, oi que sí?

ENTRE EL CEL I L'INFERN

Què es pot tenir en una milmilionèsima de segon? En una milmilionèsima de segon es pot tenir un record. Es pot tenir un record trist. En una milmilionèsima de segon es pot tenir una revelació: mentre neda sota les aigües del Mediterrani, l'Enric Sanoi descobreix que dedica el seu temps lliure al submarinisme perquè és un fracassat.

És, en efecte, un dels grans artistes de la mediocritat humana. Quan era un jove prometedor l'Enric aspirava a grans fites. Hauria pogut ser l'inventor de la bombeta ecològica H1, que respecta les papallones com si fossin nens. O l'inventor de la bomba atòmica H2, que extermina els nens com si fossin escarabats. Hauria pogut ser un assassí que es presenta al mercat i assassina moltes dones, com Landrú, i fer-se famós abans que l'ajusticiessin. O un militar que va a la guerra i assassina molts homes, com Mambrú, i fer-se famós després que el condecoressin.

Però no va ser així. Quan va arribar a l'edat adulta, i sense que se'n sabessin els motius, l'Enric va renunciar a les grans fites. Va entrar a la companyia d'assegurances, departament de sinistres, i va deixar de ser l'Enric per convertir-se en el Sanoi. S'hi ha passat els últims trenta-cinc anys, tramitant l'expedient de la seva vida. De vegades es diu a ell mateix que té una existència feliç: mentida; ningú ha nascut per tramitar expedients d'assegurances. L'oficina no és un lloc celestial, tampoc és un lloc infernal; ha viscut trenta-cinc anys enxubat en un lloc que no és bo ni és dolent: només és gris. I, ara, aquesta milmilionèsima de segon li ha fet veure que és viu, però que la seva és una existència en suspens, com la dels nàufrags.

Què és el que no es pot tenir en una milmilionèsima de segon? En una milmilionèsima de segon no hi ha temps de tenir por. Quan l'oficinista submarinista sent aquell misteriós soroll xuclador no té temps ni de girar el cap. El cos és sotragat com si fos a l'interior d'unes cataractes. S'esvera. Però, quan l'horror comença a guanyar espais, el silenci.

L'oficinista submarinista no reacciona. L'aclapara una foscor líquida. Vol nedar, no pot: els seus braços topen amb parets estomacals, còncaves i sòlides, més dures que l'acer. Escolta, i a través del vestit d'home-granota, a través de la densitat de l'aigua, li arriba una mena de batec monòton i continuat, com el d'un cor gegant. «Déu meu», pensa l'Enric, «sóc a dins del monstre!» I li ve una esgarrifança. Però és una esgarrifança pletòrica. L'Enric Sanoi viu una felicitat que és molt a prop de l'èxtasi. Perquè aquest home que no és res, que no és Landrú ni és Mambrú, resulta que almenys és un home engolit per una balena, fet extraordinari. La mar és immensa; els sers humans, minúsculs; i ell, justament ell, l'home més banal del món, ha estat cruspit per una balena.

Maquina la ment de l'oficinista submarinista: «Com a prova de la meva gesta tallaré les amígdales del cetaci, que deuen ser com un pernil, i després fugiré pel forat anal.» Qui li negarà la fama un cop s'alliberi d'aquella presó de carn aquàtica? La història no recorda casos semblants; a l'oficina el miraran com una criatura única. La gent del carrer, quan el vegi passar, dirà: «Fixa-t'hi, és ell, l'Enric Sanoi, l'home que va ser a dins de la balena.» L'oficinista submarinista pensa tot això. Sí. Ho pensa. Però i si algun maliciós pregunta quin cony de mèrit té que se t'empassi una balena despistada, segurament cega? I si li pregunten quina diferència exacta hi ha entre la panxa fosca d'una balena i una fosca oficina d'assegurances? Censura tan ferotge com oportuna. I tanmateix, de cop i volta, l'Enric es contesta que cap crítica importa. Ell ha estat a dins de la balena, i ningú podrà refutar una veritat de principi: que una balena l'ha devorat quan nedava molt a prop de la superfície, que és una experiència insòlita, i que per una vegada a la vida ell és el protagonista de la seva vida.

Què ens pot passar en una milmilionèsima de segon? Moltes coses. En una milmilionèsima de segon podem descobrir que ens hem enamorat. En una milmilionèsima de segon pot concloure un eclipsi que ha durat mil anys, o pot començar un diluvi que inundarà el món. Pot ser concebut un nen, un déu, un nen déu. En una milmilionèsima de segon l'oficinista submarinista Enric Sanoi, que és allà dins, a la panxa de la balena, pot descobrir una veritat suprema: que per creure's un gran home només cal creure's un gran home.

Però en aquell moment, quan viu la plenitud d'una llibertat d'esperit impossible, l'Enric Sanoi sent uns inesperats sorolls mecànics, més o menys com si s'obrís la porta d'un garatge. I, de sobte, sense més protocols, el seu cos inicia una caiguda lliure.

Què es pot tenir en una milmilionèsima de segon? Es pot tenir una visió: et pots veure a tu mateix caient, caient i caient. T'envolta una immensa bombolla d'aigua. I sota teu, allà baix, pots veure l'espantós paisatge d'un bosc en flames, un foc infernal al qual la força de la gravetat t'apropa inexorablement. I damunt teu, allà dalt, perdent-se entre els núvols, pots veure la imponent figura de l'hidroavió antiincendis, que se sent infinitament lleuger després d'alliberar les cinquanta tones d'aigua que ha robat al mar.

Què es pot pensar i repensar en una milmilionèsima de segon? Tota una vida, sobretot quan aquesta milmilionèsima de segon és l'última d'una existència. I mentre cau sobre un foc forestal, ridículament vestit d'home-granota, l'oficinista submarinista conclou que la distància entre la glòria i la vanaglòria és ínfima i feta de fum.

TITUS

Quan em van manumetre encara tenia els ossos tous, i el dòminus em llegava en testament una suma amb la qual podria comprar una flota sencera a Caront. El dia que vaig vestir la toga viril em vaig mudar a la capital, vaig adquirir una residència a mida de la meva potestat i, per celebrar-ho, vaig fer festes populars amb quaranta-una parelles de gladiadors. Per desgràcia, semblar un noble costa molt més que ser-ho, vet aquí el problema.

Un patrici com cal ha de lluir una galeria amb les màscares de cera dels seus avantpassats. Com és evident, jo no tenia passat. I tan cert és que els diners poden comprar el temps dels vius com que no poden comprar el temps dels morts.

A l'hora de tractar amb esclaus és molt útil haver estat esclau. Em vaig apropar al més llest dels meus i li vaig dir:

–Tu! Vull que em portis màscares de difunts.

Un carallot s'hauria esverat: «I com voleu, dòminus, que faci una cosa així?» En canvi aquest, que era molt espavilat, em va preguntar l'única cosa que volia sentir:

–Quantes màscares, dòminus?

–Entre quinze i vint.

Era un esclau llest, en efecte. Per què m'havia d'atabalar amb detalls compromesos i banals? Tant ell com jo sabíem que només podria fer màscares als morts que ningú no reclamés, i que aquests cadàvers només els trobaria entre els despenyats a la roca Tarpeia, on s'executaven els parricides abocant-los al buit tancats dins d'un sac. Me'n va dur dinou, les vaig penjar en una habitació sense portes i vaig estar molt content del seu servei. Després vaig matar-lo.

Elaborar la biografia dels meus ascendents va ser una tasca menor, però feixuga. Havia d'adjudicar a cada màscara una vida lloable, exemplar, farcida de mèrits i anècdotes memorables. Per recordar qui era qui, em passejava amunt i avall per l'habitació, associant cada màscara amb l'existència que havia tingut. Volia estar segur de retenir els detalls per no obnubilar-me ni contradir-me quan algú em preguntés per les seves gestes.

A favor meu jugava el fet que, a diferència dels grecs o dels bàrbars, només tenim sis noms propis. Titus, Marcus, Gaius, Lutius, Publius i Gneus. La nostra imaginació pels noms es tan curta que quan una feliç matrona s'excedeix en la xifra de fills, o li desagraden els noms vacants, ha d'encetar els gentilicis numerals: Quintus, Sextus, Septimus, Octavius. Els nostres cognoms nobiliaris són igualment limitats. Això fa que els llibres d'història siguin confusos. Fora dels emperadors i la seva família, ningú no sap ben bé quan es parla de qui, si aquest era aquell, un altre o a l'inrevés.

No vaig fer la primera orgia fins que les dinou biografies no van estar gravades a la meva memòria. I el cert és que al principi els meus esforços em van semblar inútils. El que menys interessava els convidats eren les glòries familiars. En una festa les preguntes s'acostumen a fer al principi. Després de la primera riallada, el vi ho és tot. L'única excepció va ser un prohom esclarit, antic censor, que va deixar la multitud golafre i, solitari, va començar a escrutar les màscares amb posat greu.

Vaig reunir-me amb ell tan bon punt em van deixar. Mantenia un somriure d'amfitrió, però per dins estava amb l'ai al cor.

–Admirava les màscares dels vostres il·lustres avantpassats –va dir.

Amb la punta del dit me'n va assenyalar una que hi havia penjada a la part superior esquerra:

–Aquell. Si us plau, qui era?

–Marcus –vaig dir.

No era estrany que el meu convidat no pogués situar el meu Marcus entre la multitud de Marcus que havien conquerit algun llorer cívic:

–Marcus? Quin Marcus?

–La mà dreta de Cèsar a Cilícia –vaig precisar.

–Cèsar? Quin Cèsar?

–Quin ha de ser? –vaig replicar amb aplom–. Cèsar.

Va fer una expressió de disculpa i d'admiració:

–Oh, és clar. Cèsar.

Vaig acompanyar-lo de tornada al banquet. Pel camí em va dir:

–Sabeu? Si m'he embadalit ha estat perquè la màscara del vostre Marcus és idèntica a la del meu Gaius. Curiós, oi?

A part d'aquesta escena mai més no vaig patir cap ensurt. I ben mirat, per què haurien de dubtar de la meva ascendència? Jo era més que ric, riquíssim. Les màscares eren allà, a la vista de tothom, i el fet que no les amagués era el crèdit més gran de la seva autenticitat. Com a bon patrici, del meu passat s'inferia la meva fortuna; i de la meva fortuna, el meu passat.

En qualsevol cas aquella incursió a la sala de les màscares em va fer entendre que com menys preguntes, millor. Des d'aquell dia quan rebia visites m'excusava, molt convincentment, dient que no volia avorrir-los amb relats de gestes antigues. (Era veritat.) Feia favors, tenia clients, m'admiraven, tenia enemics admirables, m'odiaven, i jo era feliç amb les meves màscares, amb la felicitat que prodigava i amb l'odi que bescanviava.

Quan ja creia que les biografies que m'havien costat tant no servirien per a res, el meu primogènit va vestir la toga. Aquell vespre li vaig dir:

–Vine amb mi.

El vaig dur a l'habitació sense portes de les màscares i li vaig explicar tots i cadascun dels seus mèrits. Dels militars: les campanyes gàl·liques, les morts heroiques a les guerres civils i les derrotes contra els parts. Dels enginyers: l'edificació de campaments geomètrics, els miracles de poliorcètica, els murs britànics que lligaven dues costes. Dels polítics: els mèrits que els van dur al senat, les martingales electorals que van impedir-los arribar al consolat. (Hauria estat imprudent, tenir un consòl; els noms dels que guanyen el consolat sempre són recordats, els que perden el consolat no sempre.) Jo estava genuïnament emocionat. I és que aquell dia ho vaig entendre: la paternitat és això, l'instant en què deixem de ser un punt per convertir-nos en un pont entre els que han marxat i els que vénen.

Vaig estrènyer-li la mà amb força i l'hi vaig sacsejar:

–N'has de ser digne. Ho entens? Digne d'ells.

Devia impressionar-lo, perquè era un noi més aviat rebec i només va dir:

–Sí, dòminus. Ho seré. Digne del meu llinatge.

Vaig repetir la cerimònia amb tots els meus fills, amb tots els meus néts i amb tots els fills dels meus néts. Els poderosos som prolífics.

El que no m'imaginava era que el més incisiu seria el més menut. Un dia va venir i em va burxar l'orella amb un espant discret a la veu:

–Dòminus, patim una màcula espantosa. Quan se sàpiga, la ignomínia caurà sobre la nostra casa.

Aquell noi no sentia la menor inclinació pels jocs, els esclaus o les esclaves. La pell de la cara se li havia tornat de color d'espelma, sempre tancat a les biblioteques públiques. Ja ho diuen, qui no té vicis és un malalt.

Em va demanar audiència, vaig trigar a concedir-l'hi. Més que res per decidir com afrontar el que previsiblement volia dir-me.

–Sabeu el nostre avantpassat Gneus, l'heroi de les Guerres Dàcies? –em va dir quan va arribar el dia inevitable–. Gneus, el que va matar sis guerrers dacis en combat singular abans de la batalla. Bé doncs, he descobert que el fet és fals. Els documents són irrefutables.

Va tallar l'aire amb una mà i acte seguit va sentenciar:

–No en van ser sis, pare, només en van ser quatre!

Jo vaig sospirar, que és la fórmula òptima de simular inquietud i amagar la felicitat. Vaig beure d'una copa d'or, dempeus, i vaig dir:

–Vols saber la veritat, fill? Tota la veritat?

Ell em mirava més mut que una tortuga.

–No en van ser sis –vaig continuar–. Ni quatre.

Em vaig ajupir, vaig apropar els meus llavis a la seva orella i vaig xiuxiuejar:

–Només en van ser dos.

Vaig tibar el tronc:

–I ara? T'importa molt que fossin sis dacis, en fossin quatre o només dos? Digues: quants n'has matat tu? Què has fet per ser digne del nom que duus?

Vaig fer la mirada que dedico als esclaus trencagots:

–Què escull? La ductilitat dels historiadors o la virilitat dels teus avantpassats? Parla!

Va caure de genolls i em va implorar que no el matés.

Ja no vaig patir més maldecaps. Però ara, envoltat de tota la meva excelsa nissaga, quan tinc els membres conquerits per l'última fredor i s'acosta l'hora que em cobreixin el rostre amb cera, no puc evitar una idea i un retret.

El que veig als ulls dels meus és un reflex del que hi ha als meus ulls. De tots els presents jo sóc el primer que anirà a reunir-se amb les màscares. Jo sóc l'únic avantpassat que han conegut en vida. I quan estic a punt de deixar-la, hi ha una pregunta que se m'apareix com el bec d'un voltor: pels déus immortals, què he fet?

JA NO PUC MÉS

«De manera que el final és això; arriba quan menys t'ho esperes i de cop, i s'ha acabat», pensa l'esquimal quan topa amb l'ós. No té res a fer contra aquella muntanya de carn peluda. Els homes són molt petits i els óssos polars molt grans. Fa mig dia que ronda buscant foques, està cansat, els braços li pesen i avui el caçat serà ell.

La proximitat de la mort fa que rememori la seva vida. Els episodis transcendents li passen per davant dels ulls en un lapse ínfim, lligats com nusos en una corda.

Era feliç fins que el seu germà es va casar. En aquelles latituds buides no hi havia prou dones i ell es va quedar solter. L'arribada de la cunyada va convertir la seva existència en un infern. El marit l'estimava, els fills l'estimaven, els sogres l'estimaven. I no és que ella no estimés l'esquimal, o que l'esquimal no l'estimés a ella, però amb aquell matrimoni va passar de ser el primogènit a ser una nosa. Els amors paternals i fraternals van desviar-se i el van abocar al racó dels destronats tolerats. Havia sortit de casa després de la vigèsima disputa amb el germà. Preferia desfogar-se contra les foques que contra el germà. En un món tan petit només pots odiar qui estimes.

L'ós fa que tot plegat sembli efímer. Morirà i allò serà tot. Però la ràbia que acumula no s'ha esvaït i es projecta contra l'amenaça immediata: «Moriré lluitant en lloc de fugint», es diu l'esquimal. Ningú no tindrà notícies de la seva mort valenta. Ell, almenys, sabrà que ha acabat els seus dies amb un acte de coratge. En lloc de fugir ataca l'ós en una càrrega suïcida, els braços oberts i cridant.

Una situació desesperada pot crear-ne d'insòlites. Qui gira cua és l'ós! L'esquimal és el primer esquimal que descobreix un aspecte ocult de la mentalitat dels óssos polars: estan tan acostumats a ser ells els perseguidors, a ser el terror de la vida, que quan algú els ataca es destaroten i, per si de cas, fugen.

Durant una bona estona l'esquimal acaça l'animal, bramant i feliç. Ha transitat de l'agonia a l'eufòria en uns instants. Mai no havia tingut una perspectiva tan clara i obscena de les natges d'un ós. Sí, és divertit.

Fins i tot experimenta. Pot dirigir la ruta de l'ós: si avança en una trajectòria que s'inclina lleugerament a la dreta respecte l'eix de la cua, l'ós gira uns graus a l'esquerra; i a l'inrevés, igual que la proa d'una barca segons si el rem la impulsa per una banda o per l'altra.

Després, es cansa. La barreja d'alegria i fatiga es transforma en una mena de borratxera. Ha estat un dia extraordinari i esgotador. Sua tant que la capa d'aire que queda entre la roba i la pell sembla una bombolla líquida. La millor estratègia seria buscar un revolt on perdre l'ós de vista, girar cua i fugir abans que la bèstia s'adoni que ha estat víctima d'una enganyifa.

Però quan troba un indret propici apareix una anciana. Què hi fa, allà? Vés a saber. Com que la dona és tan a prop, l'ós no pot evitar desviar-se contra una presa tan temptadora. Per bé que li fallin les forces l'esquimal no vol tenir sobre la seva consciència la mort d'una vella venerable:

–Corri! –crida accelerant el pas–. Jo el distrauré. Corri, bona dona!

No, ja no és gens divertit. La dona s'allunya amb la lentitud pròpia de la seva edat. L'esquimal esperona i foragita l'ós, que gruny i remuga, obligat a seguir endavant per culpa d'aquella amenaça difusa. «Una mica més», es diu l'esquimal, «una mica més.»

Un vell truc esquimal per afrontar un problema consisteix a substituir-lo per un de superior. L'esquimal intenta no pensar en l'ós ni en el seu cos exhaust. Pensa en el que li espera quan torni a casa. Les discussions amb el germà, els retrets dels pares, els silencis que li recriminen que no tingui dona, els nebots per a qui només és el tiet, figura devaluada del pare. Ella, tan bonica, tan propera i tan llunyana. Hi pensa, i continua fustigant el monstre. Quan el cor li vol petar arriba a paratges coneguts, sempre amb l'ós al davant com si fos un nas.

De cop i volta, el paisatge s'omple de boletes grises. Nens. Jugant jugant s'han allunyat de casa. A l'esquimal li salten les llàgrimes. Els fèmurs li semblen barres de ferro, els genolls li cruixen com neu trepitjada. I doncs? Permetrà que un ós mati una criatura? Les caputxetes que duen l'entendreixen.

–Escapeu-vos! De pressa!

Dels pulmons li surt una ranera que l'ós replica, frustrat, però sense deixar de córrer davant seu. Sembla mentida que els nens puguin ser tan petits. I tan lents. Les figuretes s'equilibren amb els braços oberts, alçant els genolls perquè els peus surtin de la neu. Si vol assegurar-se que són fora de l'abast de l'ós haurà de conduir-lo una estona més.

L'esquimal fa uns crits que són gemecs. L'ós pot aturar-se en qualsevol moment, preguntant-se per què corre, i el devorarà sense que pugui oferir cap resistència. Està en mans d'un instint estúpid. I encara no s'ha acabat.

Una dona. Busca els seus fills sense saber que corren, més enllà. Atònita, topa amb un ós perseguit per un home. «Mira que n'és, de bonica», pensa l'esquimal, és la cosa més diferent a la neu que hagi vist mai. Aquella visió de bellesa li dóna una espurna de força, alça les mans i buida els pulmons:

–Fuig d'aquí!

Ja no pot ni parlar. Amb un dit assenyala la direcció que han pres els nens. Ara corre amb el llom doblegat i trontollant. Si no perd l'equilibri és perquè fa servir els braços com un ocell les ales. I per fi arriba al llac glaçat.

Al centre hi ha una esquerda en forma d'ungla. Un home hi pesca. Està d'esquena a l'ós i a l'esquimal. Els sorolls fan que es giri. L'home veu l'ós que l'assalta com una allau d'ullals. L'home veu l'esquimal que persegueix l'ós, es miren a la cara tots dos. L'esquimal fa dues passes i cau de genolls:

–Germà! –clama i deplora–. Ja no puc més.

L'ESPANTAOCELLS QUE S'ESTIMAVA ELS OCELLS

Tres dies després que el plantessin en aquell camp de civada, quan la pluja ja li havia mullat el barret de palla i el sol ja li havia esfilagarsat la camisa de franel·la de quadres blancs i vermells, l'espantaocells va dir-se:

«Ara ho entenc. La llum no em fa mal als ulls perquè les meves òrbites només són dos forats en una carbassa. Els tendons no em mortifiquen perquè el meu cos és una creu feta amb dos pals. Mai no tinc gana perquè la meva boca és un retall rodó, no tinc budells; i no tinc fred als peus perquè les meves cames són una fusta podrida que s'ancora a la terra.»

Allà dalt podia veure els ocells, volant a una alçada prudencial. Com que li tenien por mai no se li apropaven. Va entendre quina agonia l'esperava, tirotejat per aeròlits de gel i cremat per vents calents, i va saber que la seva existència només tindria algun valor si podia demostrar que era un espantaocells diferent de tots els altres. «Sóc una criatura desvalguda», va concloure després de pensar, pensar i pensar en una solució, «i l'única arma que m'han concedit perquè visqui és la por dels altres. No tinc res més.»

Tres dies després un ocellot negre va volar en cercle per damunt del barret de palla. Quan va estar segur que no hi havia homes a prop es va posar a la punta d'un dels braços en creu.

–Ruac –va grallar el corb.

Feliç per aquella ocasió que se li oferia, l'espantaocells va dir per la seva boca de carbassa:

–I tu? Tu no em tens por?

–Qui, jo? –va fer el corb–: Els corbs som uns ocells tan llestos que fins i tot sabem comptar fins a set. Si, per exemple, veig set caçadors que entren en una cabana, m'amago entre les fulles d'una branca ben atapeïda, a contrallum, i m'espero. Quan surten els compto un a un. Si només en surten sis, entenc que és una trampa i no em moc, perquè el setè deu ser rere una finestra amb l'escopeta a punt. –I va afegir en un to resignat: –El problema és quan hi entren vuit caçadors i en surten set. Sí, tot un problema!

El corb va sacsejar les ales:

–Però tu ets una merdeta d'espantaocells solitari. Per què t'hauria de tenir por? T'assembles tant a un home com una mòmia.

Després d'un pensament ràpid, tan fugaç com inspirat, l'espantaocells va dir:

–Si us plau! Escolta bé el que t'haig de dir: vés i explica als ocells que no tinc res contra ells. Ben al contrari! Admiro l'elegància del seu vol, i la llibertat amb què creuen el cel.

–Ruac! –va grallar el corb.

–Mai no s'han atrevit a baixar fins als meus dominis, mai no m'han preguntat si estava d'acord amb la missió per a la qual unes mans alienes m'han construït. –I amb un gemec va lamentar-se: –Oh, estic tan i tan sol! Si la vida és això m'estimo més morir, pobre de mi!

–Sí, pobre de tu –va burlar-se'n cruelment el corb–. Vius sol, ningú no t'estima. Però fixa-t'hi bé: fins ara no has dit ni una paraula que no parli de la teva pena. Curiós, oi? Ruac! Us conec molt bé, els espantaocells. Tots sou iguals.

L'espantaocells no va entendre la insània del corb.

–T'has parat mai a pensar –va explicar-se el corb– en el terror que causes a tots els ocells que no són tan llestos com jo? En el pànic que els domina quan albiren, allà sota, un caçador immutable? En la gana que passen, i les distàncies que han de creuar, per trobar un camp de gra que no estigui vigilat?

El corb va avançar per la màniga a saltirons. Va apropar el seu llarg bec al lloc on l'espantaocells hauria hagut de tenir l'orella si el seu constructor s'hagués molestat a simular-n'hi una, i va xiuxiuejar:

–Et fots, malparit.

* * *

Però el corb no es podia treure l'espantaocells del cap. Ben mirat, que volgués ser amic dels ocells era un fet increïblement excepcional. L'endemà va volar fins a la punta del braç dret:

–Per què volies enredar-me?

–Ahir tenies raó –va dir l'espantaocells.

–Ruac!

–M'odio.

Un cop de vent havia inclinat la carbassa. Ara els forats dels ulls miraven a terra. L'espantaocells semblava fins i tot més trist que el dia anterior:

–La nostra desgràcia no hauria de servir mai perquè ignorem la dels altres.

–He vingut –va dir el corb– per fer-te patir una mica més. I ho faré de la manera més lícita que hi ha de causar dolor: explicant-te la veritat.

El corb s'esperava que l'espantaocells plorés o protestés, però com que no feia ni una cosa ni l'altra va explicar-li la veritat:

–Et perd una paradoxa. La teva única esperança perquè els ocells se t'apropin és que l'únic ocell del món que no et té por expliqui a tots els altres que no t'han de tenir por. Però jo això no ho faré mai.

Abans de seguir va permetre's una pausa sàdica, i va dir:

–És molt simple: si et perdessin la por aquest camp s'ompliria d'ocells, i jo hauria de compartir el menjar que hi ha aquí amb una munió.

–Ahir vaig aprendre una lliçó –va dir l'espantaocells, i després va afegir amb un sospir: –Entenc els teus interessos i no puc fer-hi res.

–Això és retòrica llaminera, el que vols és convèncer-me.

–No.

–M'enredes! –va dir el corb, i se'n va anar esbategant furiosament les ales.

* * *

L'endemà el camp de civada era un camp de boira. N'hi havia tanta, i era tan espessa, que ni els ulls de les àligues podien traspassar-la. Però el corb era un ocell amb tanta memòria matemàtica que podia comptar fins a set camps. No li va costar gaire trobar el de civada. Va aterrar a tres metres de l'espantaocells, però fins i tot a aquella distància tan curta li costava de veure la camisa de franel·la blanca i vermella. Va moure's a dreta i esquerra del camp llaurat, insegur per l'atmosfera baromètrica i l'interlocutor estrambòtic, i va dir:

–Sé que m'enganyes. I ho sé per una raó molt simple. Em sents?

–T'escolto –va dir l'espantaocells emboirat.

–En el cas que convencés els altres ocells que vols ser amic seu, què farien els humans? Per a ells series una andròmina inútil. T'arrencarien d'aquesta terra on ara estàs clavat, i quan arribés la nit de Sant Joan et plantarien a dalt de tot de la pila de fusta, presidint la foguera.

–Però si és justament el que vull! –va clamar l'espantaocells–. Que no ho entens? Viure així no m'interessa.

El corb no ho acabava d'entendre. L'espantaocells va implorar:

–Si tu poguessis escollir entre una vida de solitud i un dia de companyia, què faries?

* * *

A aquelles altures el corb ja no sabia si havia topat amb un monstre o amb un miracle. I com que els corbs són molt curiosos no va poder evitar de tornar-hi.

Un cop de vent havia girat la carbassa cap amunt i ara mirava el cel. En veure el corb, l'espantaocells va dir:

–Vull morir-me. Ajuda'm a deixar un bon record rere meu.

–No.

–Tant et demano?

–No em sacrificaré per tu. El món no funciona així.

Havia plogut i la camisa encara estava xopa. El corb va dir des de dalt del barret:

–Vine aquí, que t'explicaré una història.

Però, naturalment, va ser el corb qui va apropar-se a l'espantaocells. Es va inclinar, va ficar el bec per la boca de la carbassa perquè no els sentís ningú més, i va explicar-li un conte. Un cop va acabar l'espantaocells va quedar-se en silenci. Va trigar molt a parlar, i va ser només per dir:

–Em sembla que no l'he entès.

No havia entès el conte! El que menys s'esperava el corb era aquella candidesa tan sincera. Només una criatura pura podia no entendre el conte.

–Jo vull morir-me i tu em parles de disputes fabuloses. Mira'm. Saps molt bé que els espantaocells som consumits pels vents i les calamarsades, i que tard o d'hora ens substitueixen per un de nou. Què m'importa un dia més o menys de vida? Si he de morir, que sigui negant el que volen que sigui. Ets un ocell llest, tant et costa d'entendre-ho?

Encara va rumiar-s'ho una mica més, però al final el corb va dir:

–Tu ho has volgut. Demà tornaré, i no vindré sol.

* * *

L'endemà el corb va convocar tots els ocells en un arbre proper al camp de civada.

–He descobert un espantaocells únic –va començar–. Hauria d'odiar-nos i ens estima. Ell, que va ser creat per fer-nos por, voldria la nostra companyia tot i que l'hagi de pagar amb la vida. Vol morir per nosaltres! Mireu, és allà. Al centre del camp de civada.

Però el que va passar va ser que els altres ocells no veien cap espantaocells:

–Et refereixes a aquell home que vigila el camp?

–No és un home! –va clamar el corb–. És un espantaocells.

–Els homes se'ns mengen fregits i estofats –va dir el pardal–. Que no ho saps?

–Ens dissequen –va dir el mussol–. Vés a saber per què ho deuen fer. Però ens dissequen.

–Ens engabien i, perquè cantem amb més ànsia, ens punxen els ulls amb claus roents –va dir el pit-roig.

–Les bales dels humans fan en el nostre cos el mateix efecte que si a ells els disparessin una canonada! –va concloure la cadernera–. I amb aquesta gentussa se suposa que hem d'amistançar-nos?

–Us dic –es va empipar el corb– que no és un home, és un espantaocells.

I va explicar-los què era un espantaocells. Ell, que sempre havia callat el secret per por que envaïssin el seu camp particular, va fer-los saber les diferències que hi ha entre un assassí i un espantaocells. Però ni així el van acabar d'entendre.

–A mi em continua semblant un home –va dir la cadernera–. Com saps que no és un home disfressat d'espantaocells?

–Sí! –va dir el pit-roig–. A més, dius que els espantaocells no poden fer res del que fan els homes.

–És clar que no!

–I com és que parla, doncs?

Allò va fer que el corb dubtés. Sempre s'havia

cregut el més llest de tots els ocells. Del que no estava segur era que fos més llest que tots els espantaocells. Però havia parlat amb tanta passió, s'havia compromès tant amb la causa de l'espantaocells, que rectificar ja li era més dolorós que seguir endavant:

–Perquè és un fenomen únic! –va dir–. Només n'apareix un cada milió d'anys, i la nostra generació ha tingut la sort de coincidir amb ell.

–Piu, piu i piu! –van fer els ocells girant el cap.

–Té una idea! –va al·legar el corb–. Només una, però grandiosa. Escolteu-me bé: si durant un dia, encara que només sigui un, els ocells i els espantaocells som amics, el món mai més serà el mateix.

Li va costar, però finalment els va convèncer. Amb molts recels, mig a contracor, els ocells van dir que d'acord. Que hi anés ell, el corb, i arrangés els detalls d'una cita multitudinària.

Mentre volava cap al camp de civada, però, el corb va quedar-se sol amb les seves febleses. Ell sabia que al final del seu discurs havia parlat més per por de perdre el seu prestigi que per convicció. Temia tant que l'acusessin d'haver fet el ridícul, d'haver-se deixat entabanar, que justament per això havia atribuït a l'espantaocells unes virtuts més elevades del que potser li corresponien. I quan ja sobrevolava el camp de civada va veure una cosa estranya.

–Ruac! –va grallar en veure que pels marges del camp avançaven uns homes en fila índia.

Va comptar-los; eren set, tots duien gorra i escopeta de dos canons. També va veure que entraven en una caseta que habitualment es feia servir per guardar estris agrícoles. «Si els humans saben que sé comptar fins a set i que en conseqüència puc evadir-los fàcilment», va dir-se, «com és que només en vénen set?» Va pensar que potser no pretenien caçar corbs. O que el caçador número vuit es devia haver trencat una cama el dia abans. O que era una casualitat que transitessin per allà, i res més. Però també va veure l'espantaocells. Era molta casualitat que tota aquella escopetada s'aplegués precisament el dia de la gran reunió.

En lloc de baixar va fer una altra volta aèria pel camp. I va descobrir, ai, que la sospita podia fer-lo tremolar més que el fred.

I si la mort a la foguera o sota la pluja no era la gran esperança de l'espantaocells, sinó la seva pitjor amenaça? I si volia guanyar-se un indult atraient tots els ocells a una trampa col·lectiva? Va pensar: «Si jo fos una estaca que pensa, immòbil i avorrida, dedicaria tot el temps del món a idear una estratègia que em salvés d'una vida curta i a la intempèrie. No sé quina, no l'endevino. Però, ben mirat, per molt llest que sigui, només sóc un ocell que sap comptar fins a set. I si la missió d'un espantaocells és fer por, el més llest dels espantaocells voldrà estendre-la fins i tot entre els qui no n'hi tenen.»

Va sobrevolar el camp de civada amb més recel que prudència. «Si ell és el cor generós que jo vull que sigui i hi baixem tots, ho guanyarem tot», va dir-se, «però si no ho és, moriran tots. I serà culpa meva.»

Quan el corb va tornar a l'arbre els ocells li van veure el posat circumspecte:

–I doncs? –van demanar-li–. Era un parany o un prodigi?

El corb va obrir el bec tres cops com si s'asfixiés. Al final només va dir:

–Més val que ho deixem córrer.

I va ser així com aquell espantaocells es va convertir en l'espantaocells més temible. Va guanyar-se, en efecte, l'admiració dels homes, que van recompensar-lo amb la vida eterna. Agraïts i generosos, en lloc de cremar-lo o desballestar-lo el van mantenir en aquell camp per sempre més. Peça que perdia, peça que li reposaven. Quan el barret li va volar van regalar-n'hi un de més bonic, i aquest cop l'hi van lligar a la barbeta de la carbassa amb cordills de plàstic verd. Quan se li va estripar la camisa el van vestir amb una altra de menys vella. Per complements li van afegir una pastanaga al nas, i palla a la punta de les mànigues com si fossin diminutes urpes grogues. I tots els homes proclamaven d'ell, orgullosos i astorats: «N'ignorem els motius, però de tots els espantaocells aquest és l'únic al qual mai no s'apropen ni els corbs.»

MAI NO COMPRIS XURROS EN DIUMENGE

Diumenge al matí, després de fer l'amor i dutxar-se, Jordi Joan fa cua a la xurreria de la cantonada. És un d'aquells matins d'hivern freds i assolellats; la gent es frega les mans i fa saltironets. Hi ha dinou persones davant seu però no li importa. Els diumenges la ciutat viu a un ritme pacífic, feliç, inusual. És com una treva on les corredisses es transformen en cortesia, ningú no té pressa i els sorolls s'amorteixen. Hauria d'haver comprat el diari. Així es podria entretenir mentre espera que li toqui a ell. Com que no pot llegir, mira al seu voltant. Hi ha la filera impàvida de compradors de xurros, i a la banda dreta un nen que juga. Riu i corre sol, els braços oberts com si fos una avioneta. És tan petit que encara no sap que la vorera és una frontera. La traspassa, va i ve sense adonar-se que un cotxe podria esclafar-lo. Jordi Joan pensa que no cal amoïnar-se. Perquè els diumenges circulen menys cotxes i perquè el pare, que deu ser a la cua, li farà un crit.

El pare no apareix. El nen va i ve amb giragonses de mosca. Ara és vorera endins, ara creua el carrer i hi torna altra vegada. S'arrisca sense saber-ho. La cantonada és molt a prop, i si en aquell moment girés un cotxe no tindria temps de frenar. Jordi Joan està temptat d'advertir-lo. Només el conté la possibilitat que el pare s'ofengui per la usurpació d'autoritat. És un nen indi o pakistanès, segur. Té els cabells negres i llisos, la pell fosca. Riu tan feliç que sembla que sigui a Disneylàndia i no en un carrer sense personalitat. Jordi Joan estira el coll buscant un pakistanès a la cua. Mentrestant el nen vola aliè al món. No li importen aquell carrer vulgar, ni els diumenges, ni els xurros, ni les voreres. «La infància és això», pensa, «era això».

Un cotxe apareix per la cantonada. Jordi Joan surt de la cua. Crida: «Noi!» En sentir-lo el nen s'atura en sec, amb aquest ensurt que causa la severitat quan prové d'un desconegut. I com que està quiet, el retrovisor d'alumini li pica el clatell. El nen cau a terra. El cap li quedava per sota de l'angle visual del conductor, que no s'ha adonat de res. Ni tan sols ha vist caure la víctima i continua la seva ruta. Jordi Joan exclama: «Eh!»

Uns moments després Jordi Joan està de genolls davant del nen. Pel terra s'estén una taca de sang més densa que l'oli. S'escampa fins que toca el cautxú de les rodes d'un cotxe aparcat. El vermell de la sang es barreja amb el gris de l'asfalt. Quan feia la mili un soldat es va volar el cap amb la seva pròpia arma. Jordi Joan s'esgarrifa com aquell dia, i al mateix temps no pot deixar de pensar que la taca s'assembla al mapa de Madagascar. No sap què fer. Intenta reanimar el nen mentre demana que avisin un metge. Quan aixeca el cap veu que a la cua no hi ha ningú. Està lluitant per una vida, però s'adona que se sent més indignat per la deserció col·lectiva que afligit per l'accident.

En menys de tres minuts arriba una ambulància, gràcies al cel. Mai no ha vist en acció els equips d'urgències, que actuen amb una coordinació i una celeritat que li fan pensar en els de Fórmula 1. En menys de trenta segons el nen està embenat, entubat i lligat a una llitera de color carbassa. En aquell instant se senten uns crits.

És el pare del nen, que no era a la cua. Jordi Joan és l'únic present que no du uniforme de sanitari. Per això l'home se li llança al damunt, gemegant i cridant.

No es pot parlar amb un home que acaba de perdre un fill. Qualsevol al·legat d'innocència només serviria per fer-lo més culpable. Jordi Joan es conforma a repel·lir la fúria. Per sort, apareix una patrulla de la guàrdia urbana. L'autoritat d'aquests nous uniformes fa que la ràbia del pakistanès, o indi, es transformi en un plor desconsolat.

Mentre el pare entra a l'ambulància els dos policies interroguen Jordi Joan. Són educats, fins i tot amables. Els agents li demanen, mai no l'hi ordenen, si vol acompanyar-los a l'hospital. Jordi Joan puja al cotxe. Però un detall tan trivial com que el facin seure a la part del darrere l'indigna fora de mida: el fa sentir culpable. Potser per això s'enrabia quan sent el comentari del conductor:

–També és mala sort, carai.

És clar. Per aquells dos agents se suposa que el torn dels diumenges hauria de ser tranquil. I en canvi es troben amb un mort i tot el paperam que implica.

–Tenia entès que cobraven per treballar els caps de setmana –diu Jordi Joan sense dissimular l'acritud.

El segon agent gira el cap. És una dona rossa i molt atractiva. Replica sense estalviar-se el to de severitat:

–Ens referíem al fet que morir als nou anys és una estafa.

Un dia, molt temps enrere, Jordi Joan es va prometre que no abaixaria mai els ulls davant d'un policia. Ara els abaixa.

Un cop a l'hospital la parella d'agents són prou discrets per evitar que coincideixi amb el pare. El deixen en una sala de consultes i se'n van després de prendre-li quatre dades. De seguida apareixen un metge i una infermera lletjota. El metge és un home grassonet i calb. Li recorda un professor de matemàtiques que va tenir a l'institut: perquè es pot ser calb i anar despentinat, perquè té els dits més curts que els cigarrets que fuma i perquè du unes ulleres de ratolí.

–Ja ho sé, no m'ho digui –enceta l'home–. Els metges no hauríem de fumar. Sap que pels asteques el tabac era fum diví?

La infermera li recrimina:

–A sobre faci publicitat.

–No intenti lligar mai amb una infermera –riu el doctor–. Arriben a casa amb el cul rebregat pels pacients. Això sí, clamaran al cel si un dit li fa olor de nicotina.

Per dura que sembli la infermera, admira el doctor. Mai no han tingut relacions sexuals ni les tindran mai, això també és segur. Tant com que són un bon metge i una bona infermera. Jordi Joan també sap que aquelles expressions amistoses només són una fórmula per relaxar l'atmosfera. Però saber que tot plegat és una estratègia no impedeix que sigui efectiva. Jordi Joan pregunta si és veritat que el nen és mort, i com que el metge canvia de tema sap que sí, que és mort. Li explica el que ha passat. El cop del retrovisor al clatell, les atencions que li ha dedicat. Els intents de mantenir-lo viu amb un massatge al cor.

–Havia practicat mai una reanimació cardíaca?

Tot el que Jordi Joan sap de les reanimacions cardíaques és el que ha vist a la tele.

–Ha estat prou enèrgic? –continua el doctor.

–Em sembla que sí. El noi s'estava morint, no calia ser metge per veure-ho.

El doctor s'asseu. No en una cadira, sinó a l'extrem d'una taula. Un peu no li arriba a terra i manté el genoll doblegat. Amb la punta d'un llapis dóna copets contra un bloc. No escriu.

–És clar.

Aquell «és clar» fa que Jordi Joan sàpiga que ha caigut en una trampa. Encara no sap quina, però una trampa. No triga a saber-ho:

–Si només tenia ferides al cap, per què li va fer una frega al tòrax?

Allò són els dominis del doctor. Fora de l'hospital seria un home que rep cops de colze al metro, com tothom. Però a l'hospital és Déu. Més, molt més. Si Déu hi ingressés, aquell metge amb ulleres de cul d'ampolla seria el seu superior fins que li donés l'alta.

–Sap quines conseqüències pot tenir una pressió massa forta? Les costelles es trenquen. Hi ha una hemorràgia interna i la víctima mor sense remei.

La infermera no ha obert la boca. Admira el seu ídol, fascinada pel desplegament d'autoritat. Ni tan sols protesta quan el metge deixa el llapis i encén un altre cigarret.

–No cal ser metge per entendre que el pit d'un nen és més fràgil que el d'un adult.

Jordi Joan està furiós. Però sap que està furiós perquè el metge té raó. Què pot dir? No res.

–Surti, faci el favor –ordena el metge–. Surti i esperi's.

Durant una estona Jordi Joan seu en una mena de rebedor. Sent que el doctor i la infermera parlen però no entén què diuen. El més penós de tot és que li consta que aquella deliberació és un judici. «Odio l'olor dels hospitals», pensa. I un segon després d'haver-se dit això s'adona que ningú s'escapa dels clixés, perquè al segle XXI els hospitals ja no fan olor d'hospital.

Quan el metge apareix Jordi Joan no té temps ni d'obrir la boca. S'ha aixecat de la cadira, però l'home té pressa i ell no és el seu objectiu. La seva actitud ha canviat radicalment. Ja no és el fumador amistós de fa uns quants minuts:

–Ara no puc estar per vostè.

Jordi Joan vol dir alguna cosa, però el metge, sense aturar-se, l'escridassa:

–Segui! I no es mogui d'aquí fins que jo l'hi digui.

Jordi Joan obeeix. Triga un minut a sentir la humiliació. No desitjava venir a l'hospital. Però un cop allà dins ha deixat de ser un ciutadà per convertir-se en un subordinat. Li donen ordres militars; i el que és pitjor: les obeeix.

El doctor ha desaparegut per una porta de dues fulles. A través d'unes finestres d'ull de bou i vidres de plàstic gruixut pot veure l'escena.

El doctor parla amb el pare del nen. I amb més gent. Hi ha una família sencera de pakistanesos. Les dones duen anells al nas, el cap cobert amb seda de color vermell i violeta. Bramen al cel. O sigui, al sostre. Algunes es desmaien, i d'altres les sostenen abans que toquin a terra. És clar que aquest dolor té una dosi escènica. Això no treu que, si l'enxampessin, el linxarien.

El metge no torna fins que els pakistanesos se n'han anat. És l'home amable del principi:

–El cervell d'aquell nano semblava puré de cigrons –diu–. Cap reanimació cardíaca l'hauria pogut ajudar o perjudicar.

–No l'hi he explicat tot.

El doctor no el pressiona perquè parli. És Jordi Joan qui afegeix:

–He vist venir un cotxe i he avisat el nano. Per això s'ha quedat quiet. Si no hagués dit res, el retrovisor potser no l'hauria tocat.

El metge xucla el cigarret i diu:

–I què?

No és cinisme. Aquell «i què?» ho resumeix millor que qualsevol fórmula: un accident és un accident, i si és un accident ningú no en té la culpa. Jordi Joan es posa a plorar. Deslliurat de les conseqüències morals i penals, ja pot pensar en el nen mort i plora. El metge li dóna dos copets a l'esquena:

–Continuï. Com més plori menys necessitat tindrà d'orinar. –I afegeix: –És molt agradable sentir-te culpable quan saps que no ho ets. Au, no sigui idiota.

Com que Jordi Joan ni parla ni se'n va, el doctor pregunta:

–Hipoteca o lloguer?

–Hipoteca.

–Vagi-se'n a casa i pensi en la hipoteca.

Quan Jordi Joan arriba la seva dona encara no s'ha aixecat del llit. La troba tal com l'ha deixat, abraçada al coixí i despullada. Es regira, els ulls mig tancats i badallant:

–I els xurros?

Jordi Joan no protesta. Només fa unes quantes hores que ha sortit, però han viscut dues percepcions del temps diferents. Ella dormia. Ell ha estat sotmès a l'autoritat policial i l'autoritat clínica. Li han donat ordres, ha hagut de donar explicacions. Un nen s'ha mort, ell n'ha estat testimoni i part implicada. Ella dormia i esperava que arribessin els xurros.

* * *

L'endemà l'estat d'ànim de Jordi Joan és molt més alegre. La resta del diumenge ha fet que oblidi la part penosa del cas, i quan es desperta ja ha reconsiderat l'episodi.

Encara que sigui dilluns al matí no l'abandona el sentiment que viu en un bon lloc. Ho ha pogut constatar. Els nois de l'ambulància es van moure amb una celeritat i una eficàcia ultramoderna. No es podia exigir més cortesia a la guàrdia urbana. I què podia dir de l'hospital? El metge havia anat molt més enllà del deure professional. L'havia salvat d'una fúria col·lectiva, l'havia consolat d'un crim que no havia comès i li havia donat dos copets a l'esquena. Sí, al capdavall les coses funcionaven. El món és ple de gent avorrida i amargada que no té res millor a fer que escriure cartes als directors de diari. Quan torna a casa hi ha una trucada al contestador automàtic.

És la secretària d'un metge forense. Vol parlar amb ell, però no especifica per què. N'endevina la causa, és clar, però no tant l'objectiu concret. Durant tot el dia el tortura el dubte de si hauria de contestar o fer-se l'orni. El doctor va ser prou explícit. Què pot aportar ell a la medicina forense? A la nit hi ha una altra trucada. Després d'un dubte, despenja. No és cap secretària, és la policia.

* * *

L'han citat per dimecres al migdia. Jordi Joan està de feina fins al capdamunt, però hi va, faltaria més. És possible que hi hagi algun recurs legal per endarrerir o anul·lar la seva presència. El fet és que en vint-i-quatre hores no té temps ni d'assessorar-se. A més, si exerceix els seus drets, té por que sospitin que intenta evadir responsabilitats.

A la comissaria el sorprèn que hi hagi tan pocs uniformes. La majoria d'agents fan fotocòpies o treballen davant d'una pantalla com administratius d'una agència d'assegurances. Quan pregunta sobre el seu cas fins i tot sembla que molesti. Al final un dit li indica:

–Entri allà.

Intueix quina és la cadira on ha de seure i s'hi asseu. Uns minuts després apareix un noi tan jove que ningú diria que és policia. A l'orella dreta fins i tot li penja una arracada de coure. Passa les pàgines d'un expedient. Per fi se situa:

–Ah, sí. Vostè és el del nen mort.

Ho ha dit de la mateixa manera que podria haver dit «ah, sí, vostè és el repartidor de butà».

–Per què el va matar? –pregunta sense cap inflexió a la veu.

–No, si jo no el vaig matar.

–Ah, no? I què hi fa, aquí?

–Jo feia cua a la xurreria.

–Quina xurreria?

–La de la cantonada.

És evident que el poli ha perdut els papers. Mentre remena l'expedient no vol perdre la iniciativa i pregunta a la babalà:

–Per què feia cua a la xurreria?

–Per comprar xurros.

–Doncs no ho entenc.

S'aixeca i se'n va.

Si fos un delinqüent habitual aquella situació el faria riure. El malestar li ve, justament, pel fet que mai ha tingut cap contacte amb les forces de l'ordre. Quina combinació de paraules més sinistra, reflexiona Jordi Joan: «forces» i «ordre». Per separat no són res, juntes fan tremolar. S'ha quedat sol al despatx. El policia jove no li ha dit què ha de fer, si pot anar-se'n o si s'ha de quedar. En aquell lloc un acte tan simple com aixecar-se d'una cadira podria ser interpretat com una fuga. Per què no ve ningú?

Qui entra és un home de mitjana edat amb problemes de pes. El bigotet que llueix sota el nas només és una mica més ample que el de Hitler. Podria ser comissari de qualsevol sistema, pensa Jordi Joan, menys del democràtic. S'asseu a la cadira on abans hi havia hagut el poli jove, sense saludar-lo, mirar-lo ni obrir la boca. Tota la seva atenció se centra en l'expedient. És d'aquells individus que quan pensa fa sorolls. Respira com si tingués brànquies de ferro. Jordi Joan intenta explicar-li els motius de la seva presència. Si l'escolta, ningú ho diria. De cop i volta aixeca el cap:

–Perdoni. Vostè no hauria de ser aquí.

Els ullets del comissari, o subcomissari, o el que sigui, brillen amb una virtut increïblement servicial. Hi ha un univers de distància entre la idea que Jordi Joan s'havia fet de l'home i el que es manifesta.

–El noi que l'atenia està molt verd, perdoni –s'excusa per segona vegada–. L'ha pres pel conductor.

–Això és tot?

El comissari confon l'alleujament de Jordi Joan amb un retret:

–Lamento haver-li fet perdre el temps, de debò. Aquestes coses passen. Ho sento.

És tan amable que l'acompanya a la sortida. Pel passadís li comenta:

–L'expedient diu que es dedica al disseny gràfic. El meu fill també. Sap tots aquests dibuixos de tigres i micos que surten als pots de cereals? Els fa ell.

Jordi Joan està tan content d'anar-se'n que no li sap greu ser loquaç. Li explica que treballa per a la indústria cinematogràfica. Molts dels pòsters que anuncien pel·lícules al metro els ha creat ell. Quan ja estan a punt d'arribar a la porta, nota una mà que li reté el colze:

–Un moment –diu el comissari–, segui aquí.

El deixa en un banc de fusta, davant d'una paret pintada de verd frontó, i torna al despatx. Jordi Joan nota que l'angoixa li puja pit amunt com si fos un ascensor. Què ha dit de dolent? No ho sap del cert, però s'ha de ser idiota per no haver-ho vist venir. Fins i tot a les pel·lícules s'ensenya que els interrogats canten quan ja s'han aixecat de la cadira i tenen les defenses baixes.

L'home triga una eternitat. Torna amb un foli en blanc, l'hi posa sota el nas i exigeix:

–Signi!

Jordi Joan dissimula que empassa saliva i pregunta:

–Què és?

–Què vol que sigui? Un autògraf –diu el comissari–. Quan m'ha dit això dels pòsters he sabut qui era. El meu fill m'ha parlat de vostè. Al seu ram té molt de renom.

* * *

Al vespre discuteix amb la seva dona. Normalment ho fan perquè volen coses diferents. Aquest cop discuteixen perquè tots dos volen el mateix: oblidar-se del nen mort. El problema és que ella opina que per oblidar un tema se n'ha de parlar, i ell creu que el millor per oblidar-lo és no parlar-ne. De manera que parlen sobre si se n'ha de parlar, i parlen sobre si no se n'ha de parlar, i com més parlen més s'empipa Jordi Joan. I quan decideix callar i fer morros, perquè el millor és no parlar-ne, qui s'emprenya és ella. El telèfon sona:

–És per a tu –diu ella–. Ja en parlarem.

Surt de l'habitació com fa ell quan truca l'ex d'ella.

És la secretària d'un forense. Parla de cadàvers com un apicultor d'abelles. El seu superior té una mena d'interès tècnic per la mort del nen i voldria entrevistar-lo. Jordi Joan es fa l'orni.

–Ho entenc –diu la secretària–. En tot cas li consta que hi hagués més testimonis?

–Sí –menteix Jordi Joan–, a la xurreria hi havia una gentada fent cua.

Ho ha dit per desviar l'interès de la secretària, per diluir-se entre una multitud que no existia. Sap molt bé que tothom va desaparèixer abans que l'ambulància arribés i que ningú no en voldrà saber res.

–Ens podria facilitar el contacte amb alguna d'aquestes persones?

La pregunta el crispa. Per què hi ha gent tan estúpida? A la secretària només li interessa la seva feina, res més, i en conseqüència és incapaç de posar-se en el seu lloc:

–Quan vostè compra xurros a la xurreria de la cantonada, coneix la gent que hi ha fent cua?

La violència del to crea un lapse de silenci. Després la secretària replica educadament:

–Sí. Acostumen a ser veïns meus.

Jordi Joan penja el telèfon. Ha fet bé? Al cap i a la fi un metge forense està vinculat a la llei, i les seves secretàries també. S'ha negat a col·laborar-hi, ha mentit conscientment. Segur que és un delicte. La seva dona treu el cap:

–Vols que en parlem?

* * *

Els cinc mesos que passen fins a la data del judici són els menys feliços de la seva vida. I ho són perquè si hagués d'explicar-ne els motius a algú no sabria ben bé què dir-li, i si fos capaç d'explicar-se tothom li negaria el dret al neguit. Al cap i a la fi, no és culpable de res. Ni tan sols l'acusen. Hi anirà en qualitat de testimoni, res més, serà un tràmit de deu minuts. Per què hauria de témer l'acció de la justícia?

Els qui pensen així tenen raó. La diferència és que ells no han d'anar a judici. Un cop sota la lupa de la llei qualsevol granet pot convertir-se en una muntanya. Ell no domina l'engranatge jurídic ni l'abast de les seves connexions. No hauria d'haver dit al nen que s'aturés, no hauria d'haver-li fet un massatge cardíac. El metge de l'hospital coneix totes dues dades. Li va semblar un home decent, la qual cosa no exclou que sigui sincer si la policia li fa preguntes. El comissari té un foli en blanc amb la seva signatura. D'acord, això frega la paranoia. Però Jordi Joan ha descobert que en circumstàncies alterades pensem alteradament: que no cregui en complots no vol dir que pugui deixar de pensar-hi. Dia rere dia l'assalten unes estranyes idees crepusculars. I també hi ha la secretària del forense. Que no hagi tornat a trucar és un senyal bo o pèssim?

Amb la seva dona ni en parlen ni en deixen de parlar. No és el millor, però no hi ha cap altra solució. Temps enrere, ella, que és psicòloga infantil, li va explicar que per resoldre un conflicte calia fer-lo emergir i airejar-lo, per dolorós que fos. En cas contrari les relacions es podreixen.

A Jordi Joan no li dóna la gana fer emergir res, bàsicament perquè no sap en quina direcció està la superfície ni si n'hi ha. Quan ella intenta explicar-li que es víctima d'un miratge maligne i li fa carantoines; quan li diu que és ben normal que les víctimes se sentin culpables; quan li diu tot això ell li dóna la raó, perquè creu que la té, i un segon després torna a pensar en el judici. Hi haurà fiscal i jutges vestits amb aquella ridícula sotana negra. Hi ha una possibilitat entre mil que l'impliquin. I ell pensa en aquella possibilitat, no en les altres nou-centes noranta-nou.

Poc abans del judici ella duu una amanida a taula, s'asseu i riu, pletòrica:

–Bones notícies!

Per la cara que fa es veu que espera que ell endevini el que dirà. Ell calla.

–La jutgessa és amiga d'una amiga meva.

Jordi Joan sempre ha odiat que ella posi formatge a l'amanida. Li ha dit dues mil vegades que odia aquella porqueria de minicubs amb gust de farina. I ella li ha posat dues mil vegades cubs de formatge sintètic a l'amanida. A ella no li agrada l'api a l'amanida. Ell ha fet dues mil amanides i a les últimes mil nou-centes noranta-nou no hi ha posat api. Ella és psicòloga i se suposa que escolta la gent. Jordi Joan clava la forquilla a la safata:

–T'has passat tot l'últim fumut mig any, sis mesos, dient-me que al judici no passaria res perquè no he d'amagar res. I ara em dius que tu t'has passat sis mesos, mig any, fent martingales perquè la jutgessa sigui amiga d'una amiga teva.

–Et penses que hi entenc, de lleis? –s'ofèn ella–. Va ser idea de la meva amiga, i pel que m'han dit el canvi de jurisdicció és perfectament legal.

S'havia casat amb ella perquè era l'única dona amb qui volia parlar després de fer l'amor. Però ara no sap què dir-li. S'aixeca de taula:

–Ara ja sé per què la gent té gos. Almenys tenen una excusa per sortir de casa.

–Si has convertit un fet insignificant en un problema significant, el millor que puc fer per tu és que estiguis envoltat de significats amistosos.

Jordi Joan mira el sostre per primera vegada des que el va pintar:

–Als nens també els parles així? Ara entenc perquè et floreixes en un institut.

Abans d'acabar la frase ja sap que no l'hauria d'haver pronunciat mai. Ella sempre li explica que aguanta a l'institut per compromís amb els nens immigrants. Ell sempre ha pensat que s'ho fa venir bé per justificar una merdeta laboral amb virtuts socials. Com que de diners no els en falten, mai hi ha donat més voltes. Però ara ella està blanca i el mira sense parpellejar. Quan s'ho proposa pot ser irònica i cruel alhora:

–Vaig a comprar tabac a la xurreria.

Quan se'n va, Jordi Joan remena un calaix que fa molt de temps que no obria. Hi troba una bosseta de plàstic plena de marihuana seca. No és que dubti de la seva parella; és que dubta si n'ha de dubtar. Si ha actuat d'aquella manera és perquè en el fons no descarta un pòsit de culpabilitat. O potser vol protegir la seva relació, per sobre de tot i al marge dels fets. Es comportaria igual si hagués disparat contra un parvulari amb una metralladora. No sap per què fuma un porro fins que se l'ha acabat. «Perquè vull adormir-me abans que torni de la xurreria i haguem de parlar», es contesta.

* * *

Al judici només li fan dues preguntes: «Va auxiliar la víctima i per això forma part de l'atestat?» «Sí.» «Va veure la matrícula o pot identificar d'alguna manera el vehicle causant de les lesions?» «No.» «Pot retirar-se.»

Hi ha una mena de consorci que indemnitza les víctimes en cas que cap companyia d'assegurances se'n faci càrrec. Com que no s'ha identificat el conductor, el consorci pagarà una indemnització milionària. L'alegria dels vint-i-tants familiars és tan intensa com la pena que van proclamar el dia que va morir el nen. Jordi Joan evita fer-ne cap comentari perquè la seva dona l'acusarà de racista.

Ell, la seva dona i una amiga surten plegats. Quan estan prenent un cafè en un bar s'hi incorpora una tercera dona. La seva parella i l'amiga riuen: «No la coneixes?» No. Triga un minut a caure-hi. És la jutgessa.

Sense la toga, amb el somriure i lluny del tribunal, sembla una altra persona. La jutgessa li fa dos petons, i un tercer d'afegit al front:

–La gent com tu fa que aquest ofici valgui la pena, Jordi Joan.

Aquest tercer petó ha enterrat el nen mort. Els dies següents Jordi Joan es comporta com un pacient sanat d'una malaltia sense diagnòstic. Dissabte fa l'amor quatre vegades amb la seva dona. Diumenge al matí va a la cantonada a comprar xurros. Recorda i s'emociona, potser perquè aquell moment de benestar el fa més sensible. I sí, se sent orgullós de pertànyer a la seva comunitat humana, a un lloc on la policia, els metges i els jutges estan a l'altura de les persones a qui serveixen.

A la xurreria hi ha una cua de pebrots. No té res millor a fer i pensa en les delícies del matrimoni. Li sembla mentida que mai s'hagi parat a pensar en les utilitats que pot tenir un xurro ensucrat.

Un nen surt de la filera. És ros, els cabells tallats com un patge medieval. No hauria de creuar el carrer. A la mà esquerra hi duu un cavallet de plàstic. La mà guia el cavall fent veure que vola. Sí, per què haurien de volar els estels de plàstic, o els avions de plàstic, i no els cavalls? «La infància és això», pensa Jordi Joan, «era això». Però el nen no hauria de creuar el carrer.

Un cotxe gira la cantonada. Si va tan de pressa és perquè, a aquestes hores, per a la gent que fa cua el dia comença, però per al conductor la nit encara no s'ha acabat.

El nen és propulsat per la planxa del morro amb la força de vuitanta cavalls, rebota quatre vegades contra l'asfalt com una pedra plana en un riu. El cotxe fuig. El nen sotraga amb uns espasmes de borinot ruixat amb insecticida. Davant la xurreria no hi ha ningú. Ningú.

EL REI DE REIS I LES DUES CIUTATS*

Sotmès el regne del Monomotapa, conquerida la Transbactriana, derruït i espoliat el temple de Jung-Ji, les fronteres de l'imperi coincidien amb els límits de l'univers. Només quedaven lliures dues ciutats que compartien una península remota, Abis i Zicònia, veïnes i rivals. Els seus ambaixadors van ser cridats a la capital del món per negociar la seva submissió o la seva destrucció. Destarotats, van acudir-hi tan veloços que es dirien duts pel vent. Els d'Abis, més rics, van anar-hi vestits amb seda i gasa i tremolant. Els de Zicònia, més pobres, amb robes de cuiro i llana i tremolant.

* Aquest és el conte que el corb va explicar a l'espantaocells.

Quan van ser a palau van obligar-los a esperar audiència dempeus i tibats un dia sencer, insult afegit al rang i l'edat dels delegats. No va ser fins al capvespre que va aparèixer Ell, el destructor de mons i senyor de cent legions. Els d'Abis es van postrar, els de Zicònia també. I el Rei de Reis va parlar així:

–Ja fa cinquanta anys que abato muralles i desintegro exèrcits. Tots els meus enemics són morts; els seus ossos adoben els camps de batalla o es podreixen en gàbies rovellades. Totes les terres em reten homenatge. I no hi ha cap mar, per llunyana que sigui la seva costa, que no vigilin els ulls dels meus fars.

Després, el Rei de Reis va anunciar-los la seva decisió:

Sadollat del combat, mai del saqueig, sotmetria tots dues ciutats però perdonaria la vida a aquella que li oferís un present més elevat. Contra l'altra enviaria els falangites cuirassats, l'artilleria de nafta i els dromedaris catafractes, sense pietat. Acte seguit va tancar totes dues delegacions en estances separades del gran palau perquè rumiessin el tribut únic.

Però durant la nit els de Zicònia van trametre un escarabat missatger als d'Abis. L'escarabat va travessar portes i parets per escletxes i forats, va burlar els peus dels sentinelles armats i, un cop davant dels d'Abis, va parlar així:

«Enemics eterns d'Abis! Ens hem odiat des que el temps és temps. Nosaltres som més valents, per això sempre us hem derrotat al camp de batalla. Vosaltres sou més rics, i quan aconseguim arribar al peu de les vostres muralles ens suborneu perquè ens retirem. Ara aquest empat infinit fineix. L'immens poder que avui ens cau al damunt, bel·licós i maligne, no entén de pactes. Si hem de morir, femho plegats al camp de l'honor, colze a colze, i que un dia de glòria esvaeixi mil anys de pugna absurda.»

L'escarabat va tornar a les estances dels de Zicònia amb la següent resposta dels d'Abis:

«Aquest contuberni no ens interessa. Ens l'oferiu perquè sou més pobres, no perquè sigueu més nobles. Sempre us ha sobrat coratge i us han faltat comptables, ara us n'adoneu. Benvinguda sigui la subjecció al Rei de Reis si, almenys, liquida la vostra memòria.»

Amb el primer raig de sol els d'Abis i Zicònia van ser duts als peus del Rei de Reis, i el tresorer va preguntar-los en quin preu valoraven la seva existència terrenal. Els d'Abis van parlar primer, tan postrats que els llavis llepaven el marbre:

–Oh, Àncora del Món, Llum de Llums i Braç que fractura colls de Titans! Tot això et serà lliurat així que ens perdonis la vida: Mil talents de plata. Mil esclaves joves, grasses i verges. Mil bous blancs. Mil cavalls negres. Mil elefants grisos. Mil mesures de civada. I mil perles, la més diminuta de les quals tindrà els volums del puny d'un nen.

–I vosaltres? –va dir el Rei de Reis–. Us veieu amb cor de superar aquestes magnituds d'opulència, vosaltres, que us cobriu els genolls agenollats amb pells de cabra?

Els de Zicònia van ser prou temeraris per contestar amb una pregunta:

–Quant trigaran els dromedaris cuirassats a recórrer les estepes que els separen de la nostra península?

El conseller militar va afirmar que hi serien abans que la lluna s'amagués dues vegades. I en sentir això els de Zicònia van dir:

–Oh, Àncora del Món, Llum de Llums i Braç que fractura colls de Titans! Amb dues llunes en tenim prou. Escolta la nostra oferta, que és aquesta: Mil talents de plata. Mil esclaves joves, grasses i verges. Mil bous blancs. Mil cavalls negres. Mil elefants grisos. Mil mesures de civada. Mil perles, la més diminuta de les quals tindrà els volums del puny d'un nen. I, a més a més de tot això, els caps dels vostres enemics d'Abis, que us remetrem en sacs de pell de cabra.

NOMÉS DIGUES SI ENCARA M'ESTIMES

Ella es deia Marta i era rica, rossa, frívola i trivial. Era tan guapa que no podia tenir amigues: quan entrava en un saló totes les altres semblaven fregalls. Per això les dones l'odiaven, i com més l'odiaven, més guapa la feien. Ell es deia Alfred i era ben plantat com un xiprer. Alt, esvelt, elegant, un home d'aquells que ningú vol que sigui ric, perquè és preferible admirar un pobre esforçat que un ric privilegiat. Es van comprometre.

Segons la tradició, els pares de la núvia aportaven l'aixovar. Va arribar al matrimoni amb cinc fundes de coixí, cinc llençols i cinc flassades. Molts tovallons, tots brodats amb les inicials d'ella. Les d'ell, no. Dos barrets en forma de pastís, que es van fer arqueologia a les golfes, el xal de cotó blau, que era una teranyina de llana prodigiosa, la faldilla de vora de seda i una combinació negra fina i treballada que la filla del matrimoni, als anys trenta, faria servir de vestit a les festes dels artillers republicans, sense sostenidors. I també va dur set calces gegants de color pinetell. Afortunadament ell mai no les hi va veure posades: eren un cataclisme que els botiguers coneixen com «calces mataamor».

La mare de la núvia, molt vídua, a més va ser tan generosa de cedir-los l'armari, una relíquia familiar que l'Alfred va odiar a primera vista. Estava fet d'una sola peça, aspecte que només copsaven els entesos de la fusta, que s'admiraven que hagués existit un arbre amb el diàmetre tan ample. Segons la sogra era possessió original de la sogra de la sogra.

La sogra volia regalar-los l'armari, la seva dona volia tenir-lo i l'Alfred va oposar-s'hi com si el llindar de l'habitació fos el pas de les Termòpiles. Però la compenetració que hi havia entre la seva dona i la seva mare –un dia ho va entendre– era una força més potent que les aliances entre nans wagnerians. Ell deia: «No, no, estimada Marta, l'armari no, tot menys l'armari.» I ella deia: «Sí, sí, estimat Alfred, l'armari sí, només faltaria!» Va ser que sí, és clar, i l'armari es va quedar.

Les dues dones van unir-se en un esforç de rehabilitació. Van fregar-ne l'interior amb un repel·lent d'arnes acreditat a Londres i l'Argentina. La vídua va aplicar a cada foradet el líquid contra els corcs de la *Casa Hermanos Cirera, útiles químicos para el matenimiento del hogar*. A ell li van reservar l'honor de cobrir-lo amb l'enèsima capa de pintura. De color negre, només faltaria.

I un cop casats, amb allò incrustat a l'habitació de matrimoni, totes dues dones van contemplar-lo com si fos un fresc del Vaticà. I la sogra va exclamar: «Oh, filla, ja veuràs quin servei que et farà.»

* * *

Hi ha habitacions que tenen armaris i armaris que tenen habitació. El moble sabia crear al seu voltant una atmosfera cúbica, concentrada i empetitida, on per pur miracle s'hi havia encabit la cosa. Presidia una paret i amenaçava de caure al damunt dels intrusos i esclafar-los. Tenia quatre potetes amb forma de gota que mai no va entendre que poguessin sostenir-lo. Realitat tan científicament impossible –ho havia llegit en algun lloc– com que les ales de les abelles fessin volar les abelles, que els egipcis edifiquessin piràmides o que Saturn tingués anells. I tanmateix les abelles volaven, les piràmides existien, Saturn tenia anells i l'armari se sostenia. Era un espant i alhora un prodigi de la física. Un espant perquè amb la seva negror destacava com un escarabat a la neu, i perquè amb aquell embalum ressaltava com un confessionari en una mesquita.

A part d'això, el seu matrimoni era tècnicament feliç. L'amor d'un alimentava el de l'altra, de manera que s'establia un domini suau, no se sabia ben bé de qui sobre qui. No feia ni sis mesos que s'havien casat i ja eren dues peces d'orfebreria marital; cada dia que vivien junts cosien alguna de les petites esquerdes que encara els separaven, cada dia que es despertaven junts llimaven alguna discrepància amb pactes, silencis o pactes de silenci, segons convingués. El preu de tanta concòrdia, naturalment, era la mort de la sorpresa i la passió, si és que alguna vegada la passió o la sorpresa havien tingut cabuda en els seus plans d'una llar humana. L'Alfred no sabia si sentir-se culpable fins que va entendre que precisament allò, el conjunt de renúncies i rutines que feien possible una convivència, eren les arrels del matrimoni. Però un d'aquells matins tan grisos i tan dolços l'Alfred va sortir de casa.

L'any s'acabava i els carrers estaven xops per culpa d'una pluja fina. Amb un gest va cridar el noi que venia diaris. Just en aquell moment una dona s'hi va apropar amb les mateixes intencions. Casualment el noi havia venut l'últim diari a l'Alfred. Ella va esclatar en renecs i ell la va mirar de cap a peus, sorprès pel seu vocabulari de pirates.

Anava pel món sense barret, escampant tants tirabuixons que no se sabia si eren els cabells més deixats d'Europa o el pentinat més elaborat d'Amèrica. Duia un coll molt alt i botons petits que li recorrien el pit fins al melic, com una filera de formiguetes. Havia nascut sota un cel diferent, com ho delatava la pell, producte feliç de moltes barreges. Quan l'Alfred li va cedir gentilment el diari ella no va dir ni gràcies. Es va concentrar en la lectura enmig del carrer, i es va oblidar d'ell a l'acte.

De sobte es va descobrir espiant el seu propi diari per damunt d'una espatlla, com al tramvia. Va llegir una capçalera, *Fieros combates en Manzanillo y Camagüey*, i el seu nas va fregar l'orella de la cubana. Ella feia escarafalls. No es queixava del nas, sinó de les injustícies terrenals, i amb unes malediccions increïbles. Per fer notar la seva presència l'Alfred va dir:

–No s'amoïni. Pot quedar-se'l.

Ella va mirar-lo com si encara no l'hagués vist, de dalt a baix i amb els ulls molt oberts, i va dir:

–Carai, quin tros d'home.

El que menys s'esperava era aquella sinceritat tan desinhibida. Per canviar de tema li va preguntar el primer que li va passar pel cap. Ella va dir:

–Jo sóc puta, i amb aquesta feina costa trobar un amic. I vostè? A què es dedica?

En la seva veu no hi havia cap signe de por o penediment. Era puta, de la mateixa manera que hauria pogut ser bruixa, reina o castanyera. Van parlar una mica més i l'Alfred va notar que les paraules només eren una cortina per ocultar el que realment es deien.

Es va esgarrifar. Era prou llest per entendre que estava vivint un d'aquells dies que es guanyen el dret de ser recordats al llit de mort. I tot plegat per haver-la conegut. Va callar, va mirar-la i va saber que l'amor no és allò que descobrim en els altres, sinó allò que descobrim en nosaltres. Havia trigat tres anys a decidir que la Marta era una bona dona i tres minuts a saber que la cubana era la seva dona. La Marta feia de la vida una casa; la cubana, que la vida fos veritat.

La va dur a casa, van caure al llit de matrimoni. Es feien petons, i quan l'havia despullat va sentir una clau que girava el pany. Era el més simple dels sorollets i un soroll capaç d'ensorrar el seu món. Es va mirar la cubana, com el ratolí hipnotitzat per la serp.

En un tancar i obrir d'ulls van aparèixer els dubtes i les tebieses: realment estava disposat a matar el seu matrimoni, la seva reputació i el seu futur per ella, una puta cubana de la qual no en sabia ni el nom? Si allò era l'autèntic amor, si es tractava d'un sentiment tan excels, per què arribava de bracet del pànic?

Només va saber xiuxiuejar:

–Amaga't.

La cubana va entrar a l'armari. L'Alfred amb prou feines havia tingut temps d'allisar la flassada i fer-se la clenxa, totes dues maniobres amb la mateixa mà, quan la Marta va fer acte de presència.

Mai no han existit dues persones que hagin tingut perspectives tan diferents de la mateixa situació. Per a l'Alfred la seva culpabilitat era òbvia: tots els indicis el delataven. Per a la Marta el culpable era el botiguer: tots els preus l'acusaven. Venia carregada de bosses de roba nova i parlava i parlava, indignada amb les factures. L'Alfred va demanar: «Avui no havies de ser al cementiri amb la teva mare?» Ella ni tan sols es va molestar a respondre, en aquells moments odiava massa la indústria tèxtil catalana, italiana, mundial, universal. «Amor, vols saber el preu de dues mitges escarransides?» En qualsevol moment obriria l'armari per guardar les noves adquisicions.

No, encara no. Més esperances: tot d'una es frega el miracle quan la Marta deixa les bosses en un racó, com si la cridessin d'altres urgències.

Però quan ja està a punt de sortir de l'habitació, es gira. Torna. Posa una mà al pom de l'armari. L'Alfred vol aturar la catàstrofe, no sap què dir i calla. S'obre una porta, és tan gran que amaga el cos de la Marta com una mampara. L'Alfred acluca els ulls.

No arriba cap xiscle, només un grinyol de frontisses. Després, la boca del monstre que es torna a tancar. I la veu de la Marta, que diu:

–Amor meu, et trobes bé? Estàs molt blanc.

Ella se'n va al menjador. L'Alfred mira l'interior de l'armari i amb una mà busca entre les peces que pengen. Roba i només roba.

* * *

Abans que l'armari devorés la cubana havia passat allò del gatet.

Setmana Santa, matí de Rams. La Marta ja era a missa, tota la família l'esperava per beneir el palmó i ell s'afanyava a escollir una corbata de les que penjaven a dins de l'armari. Mentre triava va notar un ser pelut que se li refregava contra els turmells. Quan va abaixar els ulls va veure un cadell de gat amb ratlles de tigre al llom, molt vulgar. Això sí: la punta de la cueta era de color blanc. No podia entendre que aquella bestiola hagués sortit de l'armari. Però no tenia temps per misteris casolans. I mai li havien agradat els animals. L'amoïnava que la Marta volgués adoptar-lo. Va sortir carregant el gat amb totes dues mans, mantenint-lo tan lluny del cos com podia; el va abandonar al carrer i no hi va pensar més.

Però després que l'armari deglutís la cubana, casualment, l'Alfred va tenir una conversa molt inquietant.

La sogra havia dinat amb el matrimoni. A l'hora del cafè les dues dones van encetar una xerrameca farcida de betes i fils, vores i sanefes, aquells arguments tan elevats que redueixen els homes al silenci des dels temps d'Adam. L'Alfred es va recloure a l'eixida, embafat de canelons. Feia una mitja becaina al balancí de vímet quan, des de les fondàries de la inconsciència, va sentir la conversa que tenien les dues dones. La sogra aconsellava a la Marta que no tingués animals a casa, «fes-me cas, nena, si no et passarà com a mi amb un gatet molt estimat que un dia es va fer fum, i després et sap un greu...»

A l'eixida feia una temperatura ideal; l'aire movia les fulles de la figuera, tot estava en ordre. En realitat no hi havia cap motiu perquè l'Alfred preguntés:

–Aquell gatet com era?

Mirava la sogra amb aquells ulls endormiscats que observen com si tothom fos enemic. Per la seva banda elles el van afusellar amb quatre ulls, com si en lloc d'una conversa interrompés una conxorxa.

–Ah, molt bufó –va contestar finalment la sogra. Va fer un glop d'herbes i va afegir: –Tenia la punteta de la cua de color blanc.

L'Alfred es va regirar al balancí. Evidentment era la mateixa bestiola, tot i que no podia entendre com havia arribat fins als seus turmells. Va comentar:

–Potser tornarà.

–No, fill, no ho crec –va riure ella–, no tornarà. Fa massa que es va perdre.

–Massa? –va badallar ell.

–Trenta-cinc anys, si fa no fa –va concloure la sogra. Acte seguit va afegir en un to de perfídia retinguda i humorística, molt propi d'ella: –Segons on et perds, no en tornes mai.

Aquella nit no va poder dormir. Ho mirés com ho mirés l'única possibilitat era la més impossible: durant un descuit de la sogra, feia trenta-cinc anys, l'animaló havia entrat a l'armari per sortir-ne aquell diumenge de Rams. L'armari deglutia criatures vives i les vomitava quan volia.

La qüestió no era com ni per què, la qüestió era una altra.

Tornaria. Algun dia la cubana tornaria.

* * *

Quan han d'afrontar l'insòlit els homes poden al·legar que han patit un malson. Però què fa un home sensat quan la cosa és tan i tan extraordinària? No res. I, en realitat, no fer-hi res potser és el millor que pot fer un home a qui l'armari se li ha menjat l'amant. Podia ajudar la víctima? No. Tenia la culpa de la seva desaparició? No. Obtindria algun benefici si explicava un fet irracional a persones racionals? No. Si els seus conciutadans no creien en coses tan fantàstiques com, per exemple, l'amor boig, què en pensarien quan els parlés d'armaris antropòfags?

Així doncs, amb una frivolitat que el va sorprendre a ell mateix, l'Alfred va oblidar-se de la qüestió. Els primers mesos encara dedicava mirades furtives a l'armari, però cada cop més de tant en tant. Després, ni això. Va tenir una filla. Al principi del seu matrimoni l'Alfred creia que la millor manera de ser un bon home era ser un bon marit. El dia que va néixer la seva filla va alterar lleugerament l'enunciat: la millor manera de ser un bon home era ser un bon pare. I aquells dies, per primera vegada, va pensar en la cubana com en una cosa llunyana. Havia estat real l'amor que un dia, només un, es van dedicar? Encara més: havia estat real ella?

Durant una època va considerar la qüestió des del punt de vista científic. Quan la nena va fer cinc anys li va regalar una caixa de sabates plena de cucs de seda. Com acostuma a passar, la finalitat instructiva va ser més aprofitada pel mestre que per l'alumne. L'Alfred els alimentava rigorosament amb una dieta a base de fulles de morera. Els cuquets cada dia s'engreixaven una mica més, i cada dia en llançava un a l'interior de l'armari. Al final només n'hi van quedar dos. Van filar el capoll de seda en una cantonada de la caixa. L'Alfred va respectar la incubació, fins i tot va permetre que les papallones que en van sortir s'unissin d'aquella forma tan obscena, l'una d'esquena a l'altra. No feien res més que perpetuar una còpula sense plaer ni dolor. De vegades el mascle, que era més petit que la femella, movia les ales frenèticament. No se separaven mai.

El tercer dia de còpula va ser l'últim. Els dos insectes es pansien. El mascle en un angle de la caixa, la femella envoltada d'ous, un centenar o més, que havia escampat pel cartró. Es morien. La pell els queia com si fos pol·len brut. I les ales, tan inútils que no servien ni per volar ni per lluir, es desballestaven com vells estels de paper. Va tenir un rampell i abans que morissin va abocar les papallones armari endins. No ho va fer en nom de la pietat, sinó de la ciència. La idea era que si llançava cucs a l'armari amb una periodicitat calculada, quan tornessin podria deduir la pauta temporal que seguia el fenomen. Setmanes després va descobrir-los.

Un dia, en un angle interior de l'armari. Tornaven tots junts, des del cuquet minúscul i quasi invisible que havia llançat el primer dia, fins a la parella d'agònics, per a qui l'armari només havia significat una pròrroga en la sentència de mort.

Defraudat, va concloure que l'armari era imprevisible, que allà dins el temps es movia en una escala còsmica, i que els devorats seguien una ruta erràtica. Podien trigar vint dies o vint anys a tornar, sense lògica. Va escombrar els cucs amb un raspall i els va abocar per la finestra.

L'experiment només li va servir per confirmar incerteses. Encara que volgués negar-ho, algun dia ella tornaria i la casa trontollaria. Els anys passaven, la convivència havia situat la Marta per damunt de l'amor. El vincle que els unia ja era més estret i més sòlid que el del matrimoni, li resultava impossible imaginar-se lluny de les seguretats que ella li donava. I tanmateix, mentre l'armari fos allà, mentre la seva presència demostrés que un amor com el de la cubana havia estat possible, no podria viure tranquil. I si el seu matrimoni era un frau? Sobretot: què faria quan tornés?

Els homes duien barrets blancs i rodons, i els banyistes samarretes de ratlles blaves horitzontals. Un dia van acompanyar altres matrimonis en una excursió ciclista. Van llogar tàndems, però a última hora hi va haver un desacord entre el nombre d'assistents i les bicicletes disponibles. A l'Alfred i la Marta els va tocar un tàndem de tres seients. Durant tot el dia van pedalejar amb aquell seient buit o aquell passatger invisible, com es preferís. Coincidència: l'Alfred mai no havia vist la Marta tan feliç. El contacte amb la naturalesa li oferia aires de llibertat i coquetejava amb tots els homes de l'aplec ciclista. Ell sabia que era una llicència tan fictícia com inofensiva: de vegades les dones casades volen creure que encara desperten una mica d'afecte. Més d'un li va preguntar si es feia difícil dur un tàndem de tres seients. I a sobre reien.

* * *

Quan va fer els quaranta anys, l'Alfred ja sabia que els amors mal païts segresten el passat i el futur. Sovint pensava en la Marta i sovint pensava en la cubana, i l'armari li impedia ser feliç amb cap de les dues. Però aquells anys el seu ànim es va girar contra la seva dona.

Si almenys una vegada hagués sentit per ella la mateixa passió que per la cubana, l'Alfred no hauria de batallar contra un fantasma que qualsevol dia revifaria. D'altra banda, si hagués tingut ocasió d'esbrinar les febleses de la cubana li seria més fàcil renunciar-hi, perquè la veuria com el ser humà que era, i no com un model amorós perfecte. Però això no havia pogut ser –quina ironia– per falta de temps.

Aquella època va rumiar-hi més d'una vegada: per què no podia sincerar-se amb la Marta, explicar-l'hi tot fil per randa, esperant la seva credulitat i la seva benvolença? Eren marit i muller, es devien confiança mútua. Però el caràcter de la Marta l'hi impedia. Era com si el dia que es van casar haguessin signat un contracte secret en el qual s'enumerava tot allò de què no pot parlar un matrimoni. Quan l'Alfred intentava violar aquests silencis, ella feia servir les seves febleses com un escut. Les malalties d'època la perseguien exactament igual que les modes. Primer van ser les síncopes: de vegades el cervell de la Marta perdia oxigen i entrava en un sopor espontani. Després es va convertir en una artista de la histèria. Finalment, dècades més tard, va ser una víctima de la depressió. No calia gaire intel·ligència per entendre que la Marta queia malalta quan volia assassinar diàlegs.

A les nits, abans d'adormir-se, la fantasia de l'Alfred feia que li desitgés mals: que la decapités un tramvia, o que morís de febres estranyes, qualsevol desgràcia inesperada. Que desaparegués sense que ell n'hagués d'assumir cap responsabilitat. Allò l'hauria fet immensament feliç enmig d'una tristesa sincera. Va pensar: «I si la fiqués a l'armari com qui empareda algú en vida?» Un crim perfecte, si no fos perquè negligia un extrem: que l'Alfred no era un criminal, que era un bon home i un bon pare. Abans de ferir un sol cabell de la Marta escolliria el martiri. Però aquesta situació li excavava catacumbes al cor. Només ell sabia fins a quin punt un home pot arribar a odiar l'amor. Tota la vida enamorat d'algú a qui no podia estimar, i estimant algú de qui no estava enamorat.

I va ser així com l'Alfred va entrar en l'edat madura, una època que essencialment consisteix a assumir que hi ha preguntes que no mereixen resposta. Un dia va descobrir que feia trenta anys que la cubana se n'havia anat. I també va descobrir que si havia viscut trenta anys sense ella, podria viure o malviure tota una vida sense ella. Un cop assumit això, només li quedava alliberar-se de l'armari. Quin descans treure's del damunt aquella presència monstruosa. Però la Marta i la sogra s'hi van oposar. Ell deia que l'armari havia passat de moda i que era una baluerna corcada, i elles al·legaven que no, que no, que l'armari havia superat totes les modes, «i un dia voldràs llegar-lo a la teva filla, com Déu mana». I va ser que no, evidentment.

* * *

Des que la cubana havia estat devorada per l'armari el país havia viscut una guerra colonial a ultramar, dues guerres mundials als diaris i una guerra civil allà mateix, sota el balcó. I un dia l'Alfred va presenciar el naixement de la seva pròpia vellesa.

Va ser el primer matí que va obrir l'armari per buscar una corbata i ja no es va preguntar: «Tornarà avui?» També és veritat que les seves reflexions s'havien fet més fondes i menys apassionades. Dins seu la raó i els sentiments sempre s'havien mogut en paral·lel. Ara es demanava si havia tingut cap altra opció.

Aquell jorn remot, quan va impel·lir la cubana a entrar a l'armari, va ser indigne d'ella? Es mereix gaudir d'un tresor aquell qui l'enterra? D'altra banda, es pot exigir a un home jove que assumeixi els seus actes, sobretot quan no és conscient de la seva transcendència? Un error, una covardia espontània i legítima, poden condemnar un home a cadena perpètua? Anul·lava la cubana tot l'immens amor que sentia per la Marta, encara que fos d'una qualitat diferent? Totes aquestes preguntes se les feia un diumenge a mitja tarda, i de cop i volta va concloure: «Au, Alfred, vés i pren-te un cafetó.»

Amb el cafè li van arribar pensaments reconfortants. Els cucs de seda només havien trigat uns quants mesos a tornar. El gatet, més de trenta anys. O sigui, que com més gran era el cos més temps trigava l'armari a vomitar-lo. Una idea tan lògica i no li havia passat pel cap fins que va ser vell. Potser retornaria quan ja fos mort, o al cap de mil anys. Tota la vida patint, i per què? Per una contingència que potser no es presentaria mai.

Aquells dies van haver-hi més bones notícies: la sogra es va morir. «És terrible», va dir a la Marta. «Ja era hora que fessis un pensament, cacatua florida», va dir-se a ell mateix pensant en la morta. De tota manera havia de reconèixer que les últimes paraules de la dona van ser nobles i elevades. Al llit de mort va mirar l'Alfred, va mirar la Marta, va xiuxiuejar: «Cuida'l i seràs feliç», i va expirar.

–Ja l'has sentit –va plorar la Marta–. Fes el favor de no parlar mai més de llençar-lo.

Es referia a l'armari.

* * *

Per estrany que sembli, la gran crisi no va arribar fins que l'Alfred es va jubilar. Quan havia d'aixecar-se tres vegades cada nit per anar a pixar, aquella edat en què n'hi ha prou que el llit escalfi per ser feliç, es va convertir en la més agitada del seu matrimoni. Es passava el dia discutint amb una vella que compartia el seu espai, roncava, tenia els turmells solcats per centenars de venetes blaves i el coll més arrugat que un acordió.

Tots dos sabien que bona part de la culpa la tenia la jubilació. Mentre l'Alfred exercia de viatjant, les llargues absències havien estat una mena de dinamo que acumulava amor per a la retrobada. Ara que havien de conviure les vint-i-quatre hores del dia discutien per minúcies com si fossin qüestions d'estat. «Hauria pogut viure una vida de passió a Maracaibo i el Iucatan», es deia l'Alfred, «i aquí estic, barallant-me per saber qui escalfa la bossa d'aigua, i així em moriré».

L'Estat va legalitzar el divorci i aquells dies la Marta va veure una mirada assassina als ulls de l'Alfred. A ella no li interessaven els clàssics, a ell sí. Als *Annals* d'Horaci havia llegit que l'emperador Tiberi, després d'una vida de virtut, es va convertir en un sàtir als setanta anys. I va pensar: «Per què no l'engego i me'n vaig a Cuba i em busco una puta?» Va anar d'un pèl. Però van comprar una tele i allò va salvar el matrimoni.

Mai no n'havien tingut perquè no feia amb la casa. De cop i volta la tele els eximia de parlar. Quina meravella. Quan un dels dos començava a rondinar, l'engegaven i la pantalla deglutia els mals humors. L'Alfred es desfogava contra el Govern, l'home del temps o els àrbitres, i després ja no li importava dormir amb els peus freds.

Un matí no va voler engegar la tele. Volia estar amb la seva dona. Tenien una tauleta rodona, ideal per als berenars, el dòmino i els convidats. L'Alfred va demanar a la Marta que segués amb ell. L'hi va dir amb una amabilitat que no coneixia èpoques, ella va riure. Els joves no ho saben, però l'amor més tendre comença després de cinquanta anys de convivència. Pel balcó obert se sentien les orenetes. «L'estiu arriba», va pensar l'Alfred, «quan se sent la primera oreneta». L'estimava. Sí, s'estimava la Marta. Mai n'havia dubtat. La diferència era que mai havia estat tan conforme amb les limitacions d'aquell amor.

I estaven així quan van notar uns sorolls que venien de l'habitació de matrimoni.

El més curiós de tot va ser que, després de tant de temps esperant-la, tant de temps imaginant-se el moment, l'Alfred no va pensar que pogués ser ella. No va pensar res, de fet. Amb el cos girat, sense prendre's la molèstia de deixar la tassa de cafè sobre la taula, només va exclamar:

–Quins collons de...

El soroll va anar prenent forma fins a convertir-se en un clamor. L'Alfred es va aixecar. Amb una mà estesa deia a la Marta que es mantingués al marge, que ell afrontaria el perill. Però va girar el cap i va veure una Marta desconeguda. Un rictus nerviós li estirava el llavi inferior. La cullereta repicava contra la porcellana del cafè com si el cos d'ella patís un terratrèmol microscòpic. No ho entenia.

La porta de l'habitació es va obrir i va aparèixer un home. I després un altre. I un altre, i un altre.

Van sortir dotzenes d'homes, esverats i mig despullats, homes que només volien trobar una porta. Alguns duien lligacames que sostenien mitjons, d'altres calçotets gegants de seda, modes de roba interior que abastaven mig segle. Un segle, dos segles. Van desfilar a empentes i rodolons, fugint i defugint-lo. Saltaven per les finestres o entraven a la cuina i en tornaven a sortir, desorientats, i quan trobaven la porta correcta se sentien les seves passes trotant en ramat escales avall.

Quan van ser tots fora l'Alfred va mirar la Marta. L'havia mirat mil vegades, cent mil, però era la primera vegada que la veia. Ella tremolova com el culpable davant la forca, sense entendre que el seu marit havia arribat a un lloc on el ressentiment ja no tenia significat.

Va sentir un altre soroll, més suau. Era la cubana, descalça i despullada al llindar de l'habitació. L'Alfred va veure que després de tants dubtes, alegries i dolors, tantes desventures i tantes vicissituds, els anys no havien afectat ni la seva pell ni el seu misteri. Ella encara era ella. Però ja no sabia si ell encara era ell. La Marta continuava asseguda a la butaca; la cubana no es movia del llindar. L'Alfred va fer un sospir. Va mirar la cubana, va mirar la Marta. Va abaixar els ulls fins a les rajoles, i amb el cap cot va preguntar:

–Només digues si encara m'estimes.

ÍNDEX